매일 만나는 작은 기적

자생력을 만나다,
행복을 되찾다

매일 만나는 작은 기적

자생력을 만나다, 행복을 되찾다

초판 1쇄 인쇄일 | 2021년 2월 25일   초판 1쇄 발행일 | 2021년 3월 3일

지 은 이 | 오명숙 외 37인 지음
펴 낸 이 | 강창용
책임편집 | 정민규
디 자 인 | 김동광
책임영업 | 최대현

펴낸곳 | 느낌이있는책
출판등록 | 1998년 5월 16일 제10-1588
주 소 | 경기도 고양시 일산동구 중앙로 1233(현대타운빌) 407호
전 화 | (代)031-932-7474
팩 스 | 031-932-5962
이메일 | feelbooks@naver.com

ISBN 979-11-6195-128-7 13810

매일 만나는
작은 기적

자생력을
만나다

행복을
되찾다

오명숙 외 37인 지음

당신도 꼭
나을 수 있습니다!

아파 본 사람이 아픈 사람 마음을 안다고 했던가요. 아플 때는 고통이 언제까지나 계속될 것만 같아 절망하기 쉽지요. 저는 병원에서 "걷지 못할 것"이라는 사형선고와도 같은 말을 들었던 사람입니다. 그랬던 제가 지금은 당당히 제 발로 서서 가게를 운영하고 있습니다. 저도 그랬지만 아플 때는 소문에 쉽게 휘둘립니다. 어디서 어떤 치료를 받고 나았다고 하면 귀가 솔깃해져 그 치료를 받고 싶어집니다.

　돌아보면 허리가 아프기 시작한 후 참 많은 병원을 찾아다녔습니다. 빨리 낫고 싶은 마음에 좋다는 병원을 찾아다닌 건데 결과적으로 독이 됐습니다.

지금도 후회가 됩니다. 왜 허리가 너무 아파 걷지도, 앉지도 못하고 밤에는 통증 때문에 잠도 못 자면서도 제대로 된 치료법을 찾지 못했었는지….

결국 허리가 악화될 대로 악화된 상태에서 급하게 수술을 받아야 했습니다. 하지만 수술 후 충격적인 이야기를 들었습니다. 수술은 잘되었지만 몸이 너무 망가져서 휠체어라도 탈 수 있으면 다행이라고…. 수술을 하면 지금보다는 좋아질 거라고 생각했는데 휠체어 신세를 져야 한다니, 하늘이 무너지는 것만 같았습니다.

걷는 것은 고사하고 화장실조차도 혼자 가지 못해서 남편의 도움을 받아야 하는 상황이었습니다. 서서 옷을 내리는 데만도 10분이 걸렸습니다. 남들에게는 당연한 일상들이 남편의 도움 없이는 불가능해져, 저 때문에 남편마저 아무것도 할 수 없도록 만들어 가는 것이 저를 더욱 힘들게 했습니다. 절망의 끝자락에서 저는 한방병원에서 치료를 받기로 마음먹었습니다.

지푸라기라도 잡는 심정으로 한 이 선택은 신의 한 수였습니다. 그 어떤 치료로도 호전되지 않았던 제 몸이 서서히 좋아지기 시작했습니다. 한방병원에 처음 입원했을 때는 움직이지도 못해 원장님이 입원실로 와서 치료를 해주셨는데, 몸이 좋아지면서 휠체어를 타고 원장님께 치료를 받으러 갈 수 있었습니다.

한방치료를 시작한 지 반년 정도 지난 후에는 지팡이를 짚고 걸을 수 있게 되었고, 남편의 손을 잡고 남산 계단을 오르내릴 수 있을 정도로 좋아졌습니다. 어디 그뿐일까요. 꾸준히 치료받으면서 드디어 지팡이 없이 혼자 걸을 수 있게 되었고, 일도 다시 시작할 수 있었습니다. 허리가 아파 가게를 접은 지 2년 만에 다시 일상을 찾은 겁니다.

병실에서 혼자 걸을 수 있게 된 순간을 아직도 잊지 못합니다. 아무런 도움 없이 혼자서 걸을 수 있다는 것이 얼마나 행복한 일인지 아실까요? 그 순간 병실에 있던 모든 환자들이 박수를 치며 함께 기뻐해주었고 저와 남편은 부둥켜 안은채 함께 한없이 울었습니다.

이런 저의 이야기가 아파서 힘들어하는 분들께 조금이라도 힘이 될 수 있기를, 작은 희망의 불씨가 될 수 있기를 바라는 마음에 수기를 쓸 용기를 냈습니다. 저뿐만 아니라 이 책에 수기를 쓰신 분들 모두 같은 마음일 것입니다.

완치하기까지 걸리는 시간은 사람마다 다를 수 있지만 분명 나을 수 있습니다. 다만 사람들의 소문만 듣고 덜컥 치료를 받거나 저처럼 검증되지 않은 치료에 매달리는 건 위험합니다. 내 몸에 맞는 치료를 잘 선택하여 나을 수 있다는 믿음으로 끝까지 포기하지 않고 치료하시면 지금 상태가 아무리 나빠도 좋아질 수 있고, 소중한 일상을 찾을 수 있습니다. 희망을 잃지 마세요. 이 책을 보시는 분들이 아프지 않고 건강하게 일상을 살아가시기를, 그렇게 행복을 되찾으시기를 진심으로 기원합니다.

2021년 2월, 오명숙

차례

| chapter 2 |

나를 살린
한방치료에 빠지다

어둠은
빛을 이길 수 없다

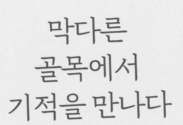

chapter 1

막다른
골목에서
기적을 만나다

수술해도 걷지 못한다고?
사형선고와도
같았던 그 말

- 김미라(40대 초반, 여, 허리디스크)

회사에서 나의 별명은 '걸어 다니는 종합병원'이다. 하루라도 아프지 않으면 김ㅇㅇ가 아니라고 할 정도로 안 아픈 데가 없었기 때문이다. 워낙 병치레를 많이 하다 보니 웬만큼 아프지 않으면 내색하지 않으려고 노력하며 살았다.

그러던 어느 날 화장실에 갔는데, 갑자기 다리가 움직이지 않았다. 순간 극심한 공포가 밀려와 그만 비명을 지르고 말았다.

"악! 내 다리!"

사실 다리가 마비된 건 그때가 처음이 아니었다. 지금으로부터 19년 전, 몸 전체가 마비되는 끔찍한 일을 겪었다. 119 구급차를 타고 병원에 이송되자마자 의사는 다급한 목소리로 "당장 수술해야 합니다"라고 말했다. 달리 선택의 여지가 없었던 나는 다음 날 수술을 받았다.

"디스크가 터져 신경을 눌러 마비가 됐던 것인데, 수술은 잘 끝났습니다. 수술하지 않았다면 척추 장애인이 되었을 수도 있습니다."

보름 후 퇴원했다. 그런데 분명 수술은 잘되었다고 했는데, 내 몸은 예전과는 사뭇 달랐다. 두 다리가 저리다 못해 당기기까지 해 앉아 있기도, 서 있기도 힘들었다. 그래도 시간이 지나면 괜찮아질 거라 생각하며 견뎠다. 하지만 딱 4년 뒤 허리디스크가 재발했다. 또다시 병원을 찾았는데, 의사 선생님으로부터 정말 충격적인 말을 들었다.

✤ "환자 분은 수술을 하더라도 걷지 못할 수도 있습니다"

눈물이 왈칵 쏟아졌다. 수술을 해도 걷지 못한다면 굳이 수술을 해야 할까 망설여졌지만 역시 선택의 여지가 없었다. 다행히 수술 후 걸을 수는 있었지만 심한 팔자걸음과 후유증을 안고 살아야 했다. 그런데 또 다리가 마비되니 10여 년도 훨씬 넘는 과거의 고통이 고스란히 되살아났다. 두 번째 수술을 한 후 의사 선생님은 담담하게 말했었다. 또 한 번 마비가 오면 영영 걷지 못할 수도 있다고.

공포와 두려움 속에서 몇 시간이 지났을까? 마비되었던 다리가 서서히 풀렸다. 사람 마음은 참 간사하다. 방금 전까지만 해도 죽을 것만 같았는데, 다리가 풀리자 마음이 놓여 언제 그랬냐는 듯 회사에 출근했다. 하지만 일이 영 손에 잡히지 않았다. 허리디스크로 몸이 마비돼 고생했던 지난 기억들이 주마등처럼 스쳐 지나갔다.

생각만 해도 끔찍했다. 또다시 과거의 지옥 같은 고통을 겪고 싶지 않았다. 게다가 40세가 된 지금은 홀몸이 아니었다. 한 가정의 아내이자 엄마인데, 사랑하는 가족에게 민폐만 끼치는 환자로 살 수는 없는 노릇이었다. 어떻게든 똑같은 악몽을 되풀이해서는 안 된다는 생각에 나는 적극적으로 치료를 받기로 마음먹었다. 그때부터 회사에 양해를 구해 유명한 병원을 찾아다니면서 치료를 받는 게 중요한 일상이 되었다.

그렇게 열심히 치료를 받는데도 어찌된 일인지 내 몸은

좋아지기는커녕 점점 더 나빠졌다. 누가 봐도 골반은 삐뚤 어져 보이고 새벽마다 머리부터 발끝까지 관통하는 통증 때 문에 잠을 잘 수도 없었다. 거의 1년 동안 1시간밖에 못 자 는 나날이 계속되면서 차라리 죽는 게 낫겠다며 울었던 날 이 하루 이틀이 아니었다.

증상은 날로 심해져 화장실에서 나올 때 두 다리를 질질 끌며 겨우겨우 나오는 지경까지 이르렀다. 그 모습을 본 남 편이 깜짝 놀라 허리를 잘 고치는 병원을 적극적으로 수소 문했다.

"우리 회사에 당신과 비슷한 증세로 고생하던 직원이 있 는데, 수술하지 않고 90%까지 나았대. 당신도 그 병원에 가 보면 어떨까?"

남편이 권유한 병원이 바로 ㅈ한방병원이다. 하도 여러 병원을 다니며 실망을 한 터라 큰 기대는 하지 않았다. 오히 려 안 좋은 소리를 들으면 어쩌나 걱정이 앞섰다. 원장님은 침착하면서도 세심하게 나의 증상 하나하나를 설명해주시 면서 목과 허리에 디스크가 있다고 했다. 허리만 문제가 있 는 줄 알았는데, 목디스크까지 있다는 말을 들으니 머릿속 이 백짓장처럼 하얗게 변해 원장님 말씀이 하나도 귀에 들어오지 않았다. 또 어떤 무서운 말로 나를 지옥에 빠뜨릴까 두려워하고 있는데, 원장님이 뜻밖의 말씀을 해주었다.

"입원해서 치료하면 일상생활을 하는 데 지장이 없을 거예요."

내가 그렇게도 기다렸던 말을 19년이란 긴 세월이 지난 후에 듣게 되다니 믿기지 않았다. 나는 원장님과 입원 날짜를 상의한 후 설레는 마음으로 입원했다. 입원한 첫날 밤, 1년여 동안 밤마다 나를 괴롭혔던 통증이 한 시간 간격으로 나타났다. 미쳐버릴 것만 같았다. 빨리 날이 밝기만을 기다리며 긴긴 밤을 견뎠다.

새벽 6시가 되자 누군가가 내 침상 커튼을 열고 들어왔다. 주치의 선생님이었는데, 선생님은 내 모습을 보시더니 "어디가 아프세요?"라며 다정하게 안부를 물었다. 그 말 한마디에 밤새 통증으로 얼어붙었던 내 마음이 눈 녹듯 녹아버리는 것만 같았다.

그동안 주위 사람들에게 혹시 민폐를 끼칠까봐 아파도 내색하지 않고 혼자 끙끙 앓았던 나였다. 하지만 주치의 선생님이 내 걱정을 해주는 그 순간만큼은 통증으로 고통받았던 지난날을 보상받는다는 느낌이 들었다.

✽ 친절한 설명과 체계적인 치료에 반하다

오전 진료가 시작되었다. 원장님은 불편한 환자 상태를 미리 파악하기 위해 문 밖으로 나와 계셨다. 원장님은 환한 웃음으로 날 맞아주셨지만 난 벌써부터 걱정이 태산이었다. 어떤 치료들이 날 기다리고 있을지 궁금하기도 했지만 한편으로는 겁도 났다.

원장님은 추나 베드로 나를 안내한 후 내 상태를 살피더니 내가 놀라지 않도록 조심스럽게 한쪽 다리가 더 길다고 얘기해주었다. 난 한 번도 내 다리가 불균형이라고 생각해본 적이 없었다. 그저 허리가 아파서 다리도 아픈 것으로 생각했다. 누워 있으니 또다시 원장선생님 목소리가 들렸다.

"침 치료실에서 뵙겠습니다."

난 침 치료실 천장을 보면서 잠시 생각에 빠졌다.

'왜 내 다리 길이가 불균형일까?'

그제야 기억이 났다. 고등학생 때 자동차 바퀴가 내 왼쪽 발등을 치고 간 적이 있다. 그 이후로 난 다리를 쩔뚝거리면서 학교를 다녔고 그 뒤로 허리가 아프다고 부모님께 말했었는데, 그동안 까맣게 잊고 있었다. 아마도 내가 만나왔던 다른 병원 선생님들이 한 번도 나에게 다리가 불균형이라는 말을 해준 적이 없어 그 사고 때문에 디스크가 생겼다고는 생각지도 못했던 것 같다.

"침 치료하겠습니다."

원장님은 약침 및 봉침 등 여러 가지 침 치료에 대해 설명하고, 어떤 약이 나에게 투여가 되는지 하나하나 일러주셨다. 오전 진료가 끝난 뒤 병실로 돌아온 다음에는 간호사가 알려준 스케줄대로 움직이기 시작했다. 한방병원인데도 한방치료뿐만 아니라 양방의 물리치료도 함께하는 게 좀 의외였다.

물리치료가 끝나니 새벽에 만난 주치의 선생님이 기다리고 있었다. 참 반가운 얼굴이다. '왜 왔을까?' 하는 생각도 잠시, 주치의 선생님은 원장님과 같은 침 치료를 해 주셨다. 벌써 날이 저물기 시작하더니 저녁 6시가 지나자 원장님과 주치의 선생님은 침대 상태를 체크하고 잠자는 자세, 밥 먹는 자세, TV 보는 각도 및 모든 일과를 나에게 일대일 맞춤식으로 케어해주었다. 그렇게 병원의 하루 일과가 마무리되었다.

입원한 지 일주일쯤 지나자 간호사 선생님이 2동 건물에서 보행 테스트를 할 거라고 말해주었다. 보행 테스트 결과는 참담했다. 엉덩이를 쭉 빼고 오리걸음으로 걷는 것도 모자라 한쪽 발은 원을 그리면서 걷는다고 했다. 원장님은 나를 외래진료실로 불러 맞춤형 깔창과 추나 베개를 추천해주셨다. 내가 베개 없이 자기 때문에 목 상태가 더 나빠진다는 것을 고려한 따뜻한 배려였다. 보름이 지나자 허리와 목 부분의 통증이 차츰차츰 줄어들면서 걸음걸이도 오리걸음에서 벗어나 정상적인 걸음으로 돌아왔다.

❀ 통증은 기본, 덤으로 만성 위장질환까지 고치다

오랫동안 나를 괴롭혔던 통증은 잡혔지만 입원하는 동안 또 다른 복병이 나를 괴롭혔다. 원래도 소화기관이 좋지 않았는데, 갑자기 극심한 복통이 찾아온 것이다. 설상가상으로 설사를 하면서 혈압까지 떨어지기 시작하자 원장님은 애처로운 눈빛으로 날 보면서 "걱정하지 말고 내일이면 나아질 것"이라며 침과 한약을 처방해주셨다. 3일이 지나자 나와 같이 지내던 병실 언니들은 중환자실에 갈 나를 원장님이 살렸다고 이구동성으로 말했다.

이 모든 걸 들은 남편은 믿기지 않는다는 표정을 지었다. 수십 년 동안 아내를 괴롭혔던 통증이 입원한 지 채 한 달도 안 되었는데 사라진 것도, 침과 한약으로 만성 위장질환을 고친 것도 남편에게는 모두 다 놀라운 마법처럼 느껴졌던 모양이다.

"이런 병원 처음이야. 아예 1년 동안 입원해서 모든 병 다 고치고 나와. 1억 원을 줘도 아깝지 않은 병원이야."

물론 1년까지 병원에 입원하지는 않았다. 한 달 반 정도 입원해 집중 치료를 받고 퇴원하여 몇 달 더 통원치료를 받았으며, 지금 나는 병원에 가기 전과는 완전히 다른 사람이 되었다. 통증이 사라지니 하루하루가 즐겁고 소중하다.

휠체어에서
지팡이로,
다시 두 발로 걷는 기적

- 오명숙(60대 초반, 여, 척추관협착증)

아프기 전까지만 해도 나는
내가 무척 건강한 체질이라 자신했다. 약 30년 동안 평화시
장에서 봉제업과 의류 판매를 하며 밤낮으로 최선을 다해
일했고, 정직하게 살아가려고 노력하며 살았다.

언제까지든 열심히 일하며 건강하게 살 수 있을 줄만 알
았는데, 2014년 어느 날부터 이상 증상이 나타나기 시작했
다. 허리가 아프고 계단을 오르고 내릴 때 발을 헛딛는 일이
일어났다. 계단을 내려올 때 공중에서 떨어지는 느낌을 받
으며 넘어지곤 했는데, 허리보다는 골반과 다리 쪽에 통증
이 심했다. 그래서 친구가 입원했던 정형외과 병원에 가서

엑스레이를 찍어본 후 약을 일주일분 처방받았지만 약을 복용해도 여전히 고통이 심해서 약을 먹지 않았다.

허리가 아프면 걸어야 한다는 말을 듣고 매일 청계천 길을 1시간씩 걷기도 했다. 어느 날 뒤에서 걸어오던 분이 어깨가 굽었다며 펴고 걸으라고 격려도 해주었지만 걷기를 오래 지속하지는 못했다. 허리 통증과 골반 및 다리 통증이 점점 더 심해지면서 다리 힘이 풀려 결국 걷기를 포기할 수밖에 없었다.

✿ 고칠 수 있는 병원 찾아 삼만리

한동안 고통 속에 살다가 2014년 11월 초순에 ㅅ병원에서 허리 MRI를 찍었다. MRI를 확인하던 의사 선생님은 이상하다고 하면서 협력병원에서 다른 방법으로 한 번 더 확인해보자며 의뢰서를 써주었다.

협력병원에서는 걷는 것, 앉는 것 등 여러 가지 테스트를 한 후 ㅅ병원에 가서 확인하라고 했다. ㅅ병원에서 목 쪽에 이상이 있다고 하여 목 MRI를 다시 찍었다. 검사 결과 흉추 2~3번에 협착이 있으니 대형병원에 가서 수술을 받으라고 했다.

수술이 무서웠다. 워낙 주변 사람들로부터 수술하면 좋지 않다는 소리를 많이 들었기 때문에 수술 대신 접골원을 선택했다. 노량진 근처에서 개인이 하는 접골원이었는데 잘 고친다고 소문난 곳이었다. 그 접골원에 4주 정도 매일 가서 치료를 받았지만 갈수록 상태가 악화되었다. 처음에는 혼자 버스를 타고 갔지만 시간이 지날수록 걷기가 힘들어 남편이 차로 데리고 가서 옆에서 부축을 해주어야 겨우 걸을 수 있었다.

상태가 점점 악화되자 접골치료 선생님은 엑스레이를 찍어오라고 했다. 그래서 서울대 근처에 있는 엑스레이 전문 병원에서 촬영한 것을 보여주었더니 대변장애가 왔다며 수술을 권했다.

증상이 악화되면서 더 이상 가게를 열기가 어려워졌다. 일단 가게 문을 닫고 치료에 전념하자 생각했다. 그때가 2014년 12월 23일이다. 30년을 눈이 오나 비가 오나 매일 열었던 가게라 가게 문을 닫는 게 너무 힘들어 날짜가 선명하게 기억나는 것 같다.

가게 문을 닫고 동네 아는 분이 하는 침술원에 가는 도중 다른 동네 분을 만났다. 잘 못 걷는 나를 보더니 걱정스러운 얼굴로 왜 그러냐고 물었다.

"허리가 안 좋아서 제대로 못 걸어요."

"그래요? 그럼 내가 아는 분 중에 정말 잘 고치는 분이 있는데 함께 가봐요."

너무 열심히 권하니 마음이 솔깃해 어디 한번 가보자며 따라갔다. 동네 지인 분과 함께 찾아간 곳은 정골요법을 하는 분이 운영하는 곳이었다. 정골요법은 골격과 뼈, 근육, 조직 등 인체의 유기적인 구조를 올바르게 교정해 병을 치료하는 것이라는데, 개인적으로는 전에 다녔던 접골원과 비슷한 느낌이었다. 다만 K대 체육학과 교수로 은퇴하고 스포츠마사지 자격증을 갖고 연구실을 운영하면서 치료를 한다는 데 신뢰가 갔다.

"고칠 수 있습니다. 걱정 마세요. 그런데 사랑니가 있나요?"

"네, 4개 있습니다."

고칠 수 있다고 하니 기대가 되면서도 왜 사랑니가 있는지 물을까 의아했다. 그분 말로는 사랑니가 신경을 눌러서 아프다고 다 빼야 한다며 갈 때마다 강조했다. 그러니 나 또

한 스트레스를 심하게 받으면서도 사랑니를 빼면 나을까 하는 마음에 동네 치과에 갔지만 사랑니를 빼면 안 된다고 해서 교회 장로님이 운영하는 치과에서 빼려고 했지만 결국 못 뺐다. 그래서 ㅅ대학병원에 접수하려고 하니 약 3개월 이후에나 예약이 된다고 하여 인터넷으로 검색해 신촌에 있는 한 치과병원에서 두 번에 걸쳐 4개의 사랑니를 뺄 수 있었다.

그런데 증상이 점점 좋아지는 것이 아니라 악화가 되었다. 정골치료를 하는 곳이 3층인데 계단을 올라가지도 못할 정도로 심해져 교수님과 남편이 나를 잡아준 채로 계단을 오르내려야 했다. 얼마 후에는 그마저도 힘들어 더 이상 서지도, 앉지도 못하는 지경에 이르렀다. 아무리 마음을 긍정적으로 먹으려 해도 허리부터 다리까지 이어지는 지독한 통증은 나를 나락으로 떨어뜨렸다. 통증 때문에 밤이면 울다 지쳐 잠든 날이 하루 이틀이 아니었다.

몸을 가누지 못할 정도로 나빠져 교수님이 집으로 오셔서 치료를 해주었다. 1시간씩 허리를 밟으면서 뼈를 맞추는 치료를 4개월 정도 받았는데, 오히려 하반신은 움직일 수가 없을 정도로 악화되었다. 너무 힘들어하자 지인 한 분이 신경외과에 가보라고 해서 강남에 있는 병원에 가서 MRI를 보여드렸더니 수술하지 않으면 안 된다며 돌려보냈다. 하지만 교수님은 자기가 고칠 수 있다며 긍정적인 마인드만 있으면 된다고 자신했다. 지금 생각하면 몸이 계속 더 안 좋아지는데도 교수님 말만 믿고 정골치료를 계속 받았던 게 너무 후회스럽다. 그나마 그 교수님이 일본 정골학회 세미나에 참석하느라 2주간 치료를 올 수 없다고 해 중단할 수 있었던 게 다행이다.

❀ 휠체어를 타는 것도 다행입니다

어느 날 남편이 교회에 다녀와서 어느 권사님과 통화하다가 나를 바꿔주었다. 그분은 목디스크가 심해 누워서 잠을 못 주무셨었는데, ㅅ대학병원에서 수술 아니면 방법이 없다는 소리를 들었지만 한방병원에 입원해 다 고쳤다고 말했다.

한방병원은 생소했지만 수술하지 않고도 목디스크를 다 고쳤다고 하니 관심이 갔다. 사설 앰뷸런스를 불러 권사님이 소개해준 한방병원 원장님을 찾았다. 앰뷸런스를 타고 가면서 창밖을 보니 봄이었다. 너무 아프니 마음이 온통 얼어붙어서 그랬는지 그동안 겨울인 줄만 알았는데, 봄도 이미 여름을 코앞에 둔 끝자락이었다.

한방병원에 도착해 MRI를 다시 찍은 후 원장님을 만났다. 원장님은 MRI를 보더니 대형병원에 가서 수술하는 게 좋겠다고 했다. 마음이 우르르 무너지는 소리가 들렸다. 수술하지 않고도 치료할 수 있으리란 기대로 왔는데 너무 늦어 수술해야 한다니 억장이 무너졌다.

"수술하면 허리 아래 부분은 치료할 수 있습니까?"

남편의 질문에 원장님은 수술 후에 보자면서 소견서를 써주셨다. 앰뷸런스를 다시 불러 ㅅ대학병원 응급실에 갔다. 정말 그 상황에서는 몸을 어떻게 할 수 없는 긴 하루였다. 응급실 휠체어에 앉아 침대를 빨리 내달라고 부탁했다.

저녁 8시쯤 응급실 침대를 배정받고 그때부터 소변줄을 차고 각종 검사를 받았다. 당시 ㅅ대학병원은 시위 중이었는데 그래도 다행히 검사받고 이틀 후에 수술 일정이 잡혔다. 4월 3일 오전 10시에 들어가서 오후 4시쯤 수술실에서 나왔다. 병원 시위로 MRI 촬영을 할 수 없어 한방병원에서 찍은 MRI를 보고 수술했다.

"수술은 잘되었지만 몸이 너무 망가져서 그나마 휠체어 타는 것만도 다행스러운 일입니다."

수술한 다음 날 교수님은 청천벽력 같은 말을 했다. 나는 좀 특이한 케이스로, 중풍환자들에게 나타나는 증상이나 교통사고 후유증과 내 증상이 똑같아서 걷기 힘들 거라는 설명이었다. 그러면서 ㅅ대학병원과 연계된 정형외과에서 치료를 받으라고 했다. 하늘이 무너지는 느낌이었다. 수술만 하면 지금보다는 좋아지겠지 하는 마음이 있었는데 걷기 힘들 거라니, 차라리 죽고 싶은 심정이었다.

수술 후 한 달이 조금 지나자 병원에서는 퇴원하라 했다. 남편과 나는 어떻게 해야 할지 걱정을 많이 하다 결국 한방병원으로 가기로 마음먹었다. 교수님이 퇴원 전날 어느 병원으로 갈지 결정했느냐고 물어 한방병원에 간다고 대답했다. 교수님은 왜 한방병원으로 가느냐, 거기서 무얼 할 수 있느냐며 잘 생각하라고 했지만 남편과 나는 한방병원에 희망을 걸었다.

✽ 305호의 기적

5월 8일 ㅅ대학병원에서 퇴원하고 ㅈ한방병원 1동 305호에 입원했다. 처음에는 원장님이 병실에 와서 치료해주셨다. 그때는 원장님이 아무런 말없이 오로지 치료에만 전념하셨다. 그런데 양방원장님 상담을 받으러 갔는데 '왜 이리로 왔느냐?'고 물었다. 나중에 안 일이지만 양방원장님은 한방원장님에게 왜 나를 받았느냐, 다른 병원으로 보내야 되지 않느냐고 하셨다고 한다. 그만큼 내 몸 상태는 최악이었다.

몸을 움직일 수 없으니 침을 맞거나 물리치료를 받기도 쉽지 않았다. 남편이 언제나 내 수발을 들었지만 물리치료를 받을 때는 남편만으로는 역부족이어서 원장님까지 가세해 나를 안아 올리기도 했다. 그렇게 힘들게 치료를 받던 어느 날, 원장님이 말씀하셨다. 입원한 지 2주쯤 되었을 즈음이었다.

"발가락이 예뻐졌어요."

처음에는 그게 무슨 말인지 몰랐다. 그래서 원장님께 물어봤더니 입원했을 당시에는 몸이 너무 긴장되고 나빠져 열 발가락이 다 오므라든 상태였는데, 이제는 다 펴졌다고 했다. 몸이 좋아졌다는 긍정적인 신호였다. 그 후로 몸이 점점 더 좋아지면서 휠체어를 타고 원장님께 가서 진료를 받게 되었다.

남편은 참으로 헌신적인 사람이다. 짧지 않은 입원 기간 동안, 그리고 퇴원한 후에도 언제든지 남편은 내 곁에서 손발이 되어주었다. 아침저녁으로 매일 두 시간씩 주물러주고, 원장님이 알려준 대로 운동도 시켜주었다. 짜증이 날 법도 한데, 언제나 미소를 잃지 않고 늘 웃고 다녔다. 그런 남편을 보고 주변에서는 칭찬이 자자했다.

원장님의 세심한 치료와 남편의 정성 때문이었을까, 시간이 지날수록 비록 미미하지만 좋아지기 시작했다. 걷지 못할 수도 있다는 소리를 들었던 내가 일어서서 앉고, 휠체어를 타고 화장실에 가서 옷도 내리고 볼일을 봤다. 창피한 이야기지만 입원해서 약 두 달간은 도저히 몸을 움직일 수가 없어서 기저귀를 차고 생활했었다.

입원해 있는 동안 원장님은 말할 것도 없고, 의료진 모두 나를 걱정하고 격려해주었다. 침대를 잡고 일어서서 휠체어에 앉을 때는 같이 입원해 있던 병실 분들도 함께 기뻐해주셨다. 간호사님 중에는 내가 아프다고 하며 울면 함께 눈물을 흘리는 분들도 있었다.

입원한 지 3개월쯤 되어서부터는 퇴원 걱정을 했다. 너무 장기간 입원해 있어 퇴원해야 하는데, 엄두가 나지 않았다. 그런데 원장님이 어렵게 겨우 말을 꺼내서서 "원장님, 죄송

합니다. 저희가 퇴원할게요."라고 말씀드렸다.

퇴원 후 집에서 생활할 엄두가 안 나 남편에게 요양병원에 보내달라고 했다. 하지만 남편은 같이 집으로 가자고 나를 설득해 8월 23일 퇴원했다. 이후 일주일에 월, 수, 금 세 번 한방병원을 방문해 원장님 진료와 물리치료를 받았다.

워낙 상태가 좋지 않았던 환자다 보니 병원에 가면 나를 알아보는 분들이 많았다. 열심히 치료를 받다 보니 병원에 갈 때마다 좋아졌다며 많은 분들이 격려해주었다. 그렇게 겨울이 지나 다음 해 2월에 다시 입원했다. 몸이 나빠져서가 아니라 빨리 더 좋아지기 위해서였다.

지난해에 처음 입원할 때는 휠체어를 타고 병원에 갔고 남편이 꼬박 곁을 지켜야 했지만, 두 번째 입원했을 때는 혼자서 병실생활을 할 정도로 좋아졌다. 남편은 아침저녁으로 와서 주물러주었다. 그런 남편을 보고 다들 입을 모아 "대단하다."고 말했다.

비록 보행기에 의지해야 했지만 조금씩 걸을 수도 있었다. 지금 생각하면 1층 로비가 넓지는 않은데 그때는 아주 넓은 공간인 줄 알았다. 원장님도 날로 호전되는 나를 보고 굉장히 좋아하셨다.

"원장님, 누워 있다가 앉으면 그냥 걸을 것 같아요."

이렇게 이야기하면 원장님은 환하게 웃으면서 "그렇게 될 겁니다."라고 말하며 나를 응원했다. 한방병원에 있는 양방원장님에게는 한 달에 한 번 진료를 받았는데, 볼 때마다 "첫째도 조심, 둘째도 조심하라."며 당부하고 또 당부했다. 그랬던 원장님이 어느 순간 손뼉을 치며 말했다.

"됐어요, 됐어. 이건 정말 기적입니다."

3월 말쯤 퇴원하고, 다시 외래진료를 일주일에 월, 수, 금 세 번을 받았다. 4월 초부터는 자신이 붙어 집에서 가까운 장충단 공원에 가서 휠체어를 끌고 게이트볼 장에서 매일 10바퀴씩 걷는 연습을 했다. 어느 날 외래진료를 갔을 때 원장님께 선언했다.

"원장님 제가요, 5월 달에는 남산을 오를 겁니다."

원장님은 기분 좋게 웃으면서 "명숙 님이 바라시면 그렇게 될 겁니다."라고 격려해주었다.

❈ 두 발로 서서 가게를 오픈하다

장충단 공원에 처음 갔을 때 봄이 한창이었다. 벚꽃 봉오리가 올라오고 개나리, 진달래, 철쭉 등 온갖 꽃들이 만발하는 모습을 다 보았다. 천국이 따로 없었다. 마음껏 천국을 만끽하던 중 남편에게 "우리 4월 28일 남산 한번 가보자." 말했다. 약속한 그날 동국대 쪽에서 오르는 323계단을 남편의 손을 잡고 대여섯 계단 올라가서 쉬고, 5분 정도 걷고 쉬고, 10분 걷고 쉬면서 걸었다. 그렇게 조금씩 걷는 시간을 늘리고 쉬는 시간을 줄이면서 연습한 결과 지금은 왕복 9.7km 정도의 거리를 약 2시간 안에 걸어서 갔다 올 수 있다. 정말 힘들었지만 해냈다는 쾌감과 기쁨이 훨씬 더 크다.

나중에 안 일이지만 맨 처음 병원에 입원했을 때 병문안 왔던 분들이 나를 보고 속으로 '저 권사님 불쌍해서 어쩌나' 했다고 한다. 아마도 내가 다시는 걷지 못할 것으로 보였기 때문일 것이다. 하지만 나는 시간이 갈수록 좋아졌다. 처음 입원했을 때는 앰뷸런스를 타고 와서 휠체어 신세를 졌지만 두 번째 입원했을 때는 휠체어 대신 지팡이로 다녔다.

그리고 마지막 세 번째 입원해 집중치료를 받으면서 또다시 기적이 일어났다. 이번에는 지팡이까지 버리리라 작정하고 열심히 치료를 받았다. 늘 조심해야 한다고 당부하던 양방원장님에게 도수치료를 받고 싶다고 했더니 한번 해보자고 하셨다.

지금도 그날이 잊히지 않는다. 9월 17일에 세 번째 입원을 해 치료를 받던 어느 날, 지팡이도 없이 병원 가까이에 있던 도산공원까지 걸어갔다. 처음에는 자신이 없어 지팡이를 들고 갔지만 도전해보자는 마음으로 지팡이 없이 걸어보았는데 무척 힘들었지만 걸을 수 있었다. 경직이 심해서 다리를 움직이기가 힘들었지만 걸을 수 있다는 것만으로도 눈물이 나왔다.

몸이 좋아지면서 남편과 상의도 하고 고민을 거듭한 결과 가게를 다시 열기로 했다. 몸이 아파 가게를 접은 지 2년만이었다. 원장님께 "축하해주세요. 저 사회인으로 돌아갑니다."라고 했더니 원장님이 깜짝 놀라면서 "네!" 하고 축하해주셨다. 아직 몸이 완전히 회복되지 않았는데 가게를 연다니 좀 걱정이 되셨던 모양이다.

가게를 열고 나서는 내 몸을 돌보지 않고 혹사했던 옛날과는 다르게 살아가려고 노력하고 있다. 힘은 들지만 마음은 편하다. 열심히 살다 보니 어제보다 오늘의 몸 상태가 좋다. 매일매일이 다르다. 가끔 남편과 이런 대화를 하면서 웃는다.

"내가 한방병원에 안 갔으면 어떻게 됐을까?"

"누워 있겠지."

돌이켜보면 한방병원에 처음 입원해 다시 내 발로 서서 걷고 가게를 내는 데까지 18개월이 걸렸다. 다시는 똑같은 전철을 밟지 않으려고 늘 다짐하며, 제2의 삶을 선물해준 한방병원에 감사한다.

세 번의 수술로
만신창이가 된
나를 구하다

- 김명자(60대 초반, 여, 허리디스크 / 목디스크 / 척추관협착증)

강원도 철원에서의 삶은 평온했다. 시골이지만 밭 조금 가꾸며 아이들 키우면서 소박하게 살았다. 가진 것은 많지 않았어도 풍요로운 자연 속에서 사계절의 변화를 지켜보며 마음만큼은 큰 부자로 행복하게 살고 있었다.

그러다 어느 순간부터 길을 걷는데 종아리가 당기고 저려서 많이 걷지를 못했다. 하지만 병원이 멀기도 하고, 아프다고 마음 편히 병원을 갈 형편이 아니어서 그냥 참았다. 참다 참다 정 견디기 어려울 때만 한의원에서 찜질이나 좀 받으며 지냈다. 시간이 지날수록 그마저도 아무 효과가 없어 결국 2010년 ㅅ종합병원에 갔다.

병원에서는 허리가 많이 아프다고 하니까 MRI를 찍어보자고 했다. 80만 원이라는 거금을 주고 MRI를 찍었더니 "허리뼈 3개가 안 좋다. 2개를 인공뼈로 고정시키는 수술을 하고, 꼬리뼈 자체 뼈에서 연골을 떼다가 이식하자."고 했다. 병원에서 어련히 최선의 치료법을 제시했을까 싶어 하라는 대로 수술을 했다.

하지만 효과가 없었다. 여전히 허리가 아팠고, 특히 꼬리뼈에서 뼈를 떼어낸 자리가 너무 저리고 아팠다. 그렇게 아프고 힘든데 병원에서는 3~4일 만에 퇴원하라고 해서 어쩔 수 없이 퇴원했다. 당시 수술비가 620만 원이었다. 그렇게 큰돈을 들여 수술을 했는데도 통증이 여전해서 무척 속상했다.

수술 후 그럭저럭 몇 년을 버티면서 지냈는데, 2013년에는 무릎이 너무 아파서 무릎을 잘 고친다는 병원을 수소문해 갔다. 이번에도 MRI를 찍더니 "허리가 많이 안 좋다. 조영제 시술을 해보자."고 했다. 다행인지 불행인지 조영제 시술은 수술을 했던 사람이라 그런지 아무런 느낌도 없었다. 시술 비용은 120만 원. 갑상선암 수술을 한 이력이 있어 차

상위로 보험 혜택을 받아 그나마 다른 사람보다는 치료비가 덜 나왔다. 아는 지인은 같은 시술을 300만 원에 받았다고 들었다.

조영제 시술도 큰 효과는 없었다. 이후 그냥 참고 지내다 2014년 왼쪽 다리가 너무 저려서 의정부에 있는 병원에 갔더니 엑스레이를 찍어본 후 "허리는 재수술을 해야 한다."고 했다. 이미 한 번 수술했는데 또 수술해야 한다니 덜컥 겁이 나서 싫다고 했다.

수술하기가 싫어 안간힘을 쓰며 참고 지냈지만 너무 아프니 어쩔 수 없이 2015년 4월 또다시 의정부에 있는 병원에 갔다. 등, 허리가 너무 아프다고 하니까 목을 찍어보자고 해서 목 엑스레이를 찍었다. 의사 선생님은 "뼛조각이 떨어져 나가서 안 좋다. 우선 목디스크부터 수술하고 허리는 나중에 수술하자."고 해서 신경과 검사로 MRI를 62만 원 들여서 찍고 2015년 5월 26일 목 인공디스크 삽입술을 받았다. 수술을 하는데도 심장이 안 좋아서 심장 검사, 비뇨기과 수술을 했다고 비뇨기과 검사, 갑상선암 수술했다고 갑상선 검사까지 해야 했다. 2015년 5월 26일에 목디스크 수술하고 1주일 만에 퇴원했는데 620만 원이 나왔다. MRI 비용을 제외했는데도 치료 비용이 꽤 많이 나왔다.

집에서 3주 정도 안정을 취한 후 2015년 6월 19일 허리 수술을 다시 받았다. 2010년에 허리에 삽입했던 인공디스크가 다 닳고 망가져서 제거해야 했기 때문이다. 두 번째 수술은 첫 번째 수술보다 훨씬 더 힘들었다. 아이들도 힘든 엄마를 보고 걱정을 많이 했다. 그렇게 아픈데도 병원에서는 입원한 지 3~4일 만에 퇴원하라고 했고, 소견서를 떼서 다른 병원에 가려 해도 어떤 병원에서도 받아주지 않았다.

나는 그래도 계속 병원을 찾아다니며 수술을 두 번이나 했는데 너무 아파서 잠도 못 잔다고 사정을 했고 한 병원에서 받아주었다. 그 병원에서 한 달 동안 통증클리닉 치료를 받았는데 치료 도중 아주 죽을 뻔했다. 신경을 차단하는 시술인가를 받았는데 어지럽고, 메슥거리고, 토할 것 같아서 중단했다. 3일이나 어지럽고 메슥거려서 아주 혼이 났다. 퇴원하고서 양약 진통제를 처방해줘서 처음에 좀 먹었는데 이미 복용 중이던 갑상선약과 심장약에 진통제까지 먹으니 속이 너무 아파 먹을 수가 없었다.

양방 교수님은 내가 손을 덜덜 떨면서 그토록 힘들어하는데도 아무 얘기도 해주지 않았다. 뭘 먹으면 좋은지, 통증이 심할 때 어떻게 하면 좋은지 알려주면 좋으려면 말 한 마디 없었다. 해줄 말이 없었을 수도 있지만 지금 생각해도 참 서운하다. 할 수 없이 손이 덜덜 떨릴 때마다 사탕이나 초콜릿만 먹으면서 버텼다.

처음에는 몸이 좀 힘들어도 견뎠다. 하지만 점점 뼈까지 쑤시면서 아프고, 손가락 마디도 팅팅 붓고 아침에 일어나면 몸이 부었다. 밤에는 자다가 화장실에 가고 싶어도 일어나지를 못해서 팔꿈치로 엉금엉금 기어서 갔다. 칼질도 못하고, 설거지도 겨우겨우 하는 걸 보고 사람들이 몸이 한쪽으로 많이 휘었다고 했다. 사는 게 사는 게 아니었다.

고통 속에서 힘들어하는 나를 보고 동네 사람이 한방병원을 추천해주었다. 그분은 한방병원에서 신바로한약 먹고 나았다고 했다. 한방치료에 대해서는 아는 것이 없었다. 그냥 큰 병원에서 수술해야 한다고 하니까 수술하고, 사람들이 한방으로 치료한다고 하면 잘 알지도 못하니까 믿음이 안 갔다. 하지만 허리디스크 수술 두 번, 목디스크 수술 한 번을 하니 더 이상 수술을 받을 엄두가 나지 않았다. 그래서 마지막이다 싶은 심정으로 한방병원을 찾았다.

"어떻게 이렇게 많이 망가지도록 계셨어요. 골다공증도

너무 심하고, 뼈가 많이 안 좋습니다."

한방병원 원장님은 엑스레이 영상을 보면서 깜짝 놀라셨다. 원장님 말에 나도 모르게 눈물이 왈칵 쏟아졌다.

"원장님, 꼭 고쳐만 주세요."

몇 번이나 수술을 받으면서 서럽고 힘들었던 마음이 한꺼번에 폭발했던 것 같다. 한 번 터진 눈물은 멈추질 않았고, 나는 계속 울면서 원장님께 부탁했다. 꼭 고쳐달라고. 양방병원에서 찍은 MRI에서 뼛조각이 떨어져 나간 걸 내 눈으로 확인했기에 원장님이 하는 말이 믿음이 갔다.

2015년 12월 30일, 2016년을 하루 남기고 한방병원에 입원했다. 입원해서 신경 재생에 도움을 준다고 하는 신바로한약을 하루 3번 먹었다. 속이 안 좋다고 하니까 소화제까지 세심하게 챙겨주어 편안하게 먹을 수 있었다.

신바로한약 외에도 매일 추나치료, 약침 치료, 침 치료를 받았다. 침은 병동 주치의 선생님이 한 번, 원장님이 오후에 병동 회진할 때 한 번을 놔주셨는데 너무 좋았다. 물리치료실에서 도수치료 받고, 금요일과 일요일은 심부훈증약찜 치료를 받았다. 보기에는 핫팩처럼 생겼는데, 23종의 한약재를 증기에 찐 후 통증 부위에 올려 20~30분간 찜질을 하는 치료다. 들어간 한약재는 주로 통증을 완화하는 데 효과적인 약재들이라는데, 개인적으로 큰 도움이 되었다. 통증이 많이 줄어들고 마음이 편안해지는 느낌이었다.

한방치료의 효과는 굉장히 빨리 나타났다. 입원해서 8일째쯤 되니 몸이 많이 좋아졌다. 뼈 쑤시는 게 괜찮아졌고, 뻣뻣했던 허리도 자유롭게 구부릴 수 있었다. 잠잘 때 저리던 목과 팔도 많이 좋아졌다. 결리는 건 다 없어졌다. 걸으면 아랫배와 접한 넓적다리 주변인 서혜부가 특히 당겼는데 그 또한 많이 좋아졌고, 왼손가락이 많이 부었는데 거의 다 가라앉았다.

많이 좋아졌다고 하니 처음에 남편은 믿지 못했다. 그도 그럴 것이 수년간 양방병원을 전전하고 수술과 시술을 받았는데 낫기는커녕 더 악화되는 걸 지켜봤는데 고작 8일 만에 좋아졌다고 하니 믿지 못하는 것이 당연했다.

왜 진즉 한방병원을 찾지 못했을까? 왜 그렇게 긴긴 길을 돌아 돌아 이제야 한방병원에 왔을까 아쉽기도 하다. 하지만 이제라도 만났으니 감사할 따름이다. 마치 친엄마를 걱정하듯 나를 걱정해주고 정성스럽게 치료해준 원장님은 평생 잊지 못할 은인이다.

수술하지 않고도
건강한 허리로
인생 2막을 시작하다

- 송완근(60대 초반, 남, 척추관협착증 / 허리디스크)

　　　　　　　　등산을 좋아해 젊었을 적부터
60세가 넘을 때까지 꾸준히 등산을 다녔다. 그런데 정년퇴
직을 몇 년 앞둔 2016년경부터 등산을 5시간 이상 하면 허
리가 뻐근하고 아팠지만 참고 버텼다. 퇴직하기 전이라 몇
시간씩 시간을 내어 진료받기도 힘들고 한두 번 치료받는다
고 깨끗이 낫는 질병이 아니라는 것도 어렴풋이 짐작하고
있었기 때문이다.

　2018년 9월 정년퇴직한 후에도 산악회에서 월 1~2회 정
도 산행을 계속했다. 그러던 중 2019년 1월 하순경 거실 소
파에서 TV를 2시간 정도 보고 일어서려는데, 갑자기 허리

통증이 몰려오기 시작했다. 통증이 너무 심해 걸음을 옮길 수도 없을 정도였다.

그길로 집 가까운 곳에 있는 정형외과에 가서 엑스레이를 찍어보았다. 원장님은 우선 진통제를 먹어보자며 소염진통제를 처방해주었다. 하지만 일주일가량 먹어도 통증이 가라앉지 않아 원장님과 상담하니 MRI를 찍어보아야 정확한 진단을 내릴 수 있다고 했다. 동네 정형외과는 MRI를 찍을 만한 시설이 없어 다른 병원에서 MRI를 찍어 원장님께 영상을 보여드렸다. 원장님은 척추관협착증 및 허리디스크 소견을 보인다며 큰 병원이나 척추전문병원에서 치료받는 것이 좋겠다고 권했다.

인터넷으로 집에서 가까운 대학병원 정형외과 전문의를 검색해보았으나 마땅한 전문의가 없었다. 주변 지인들이 한방병원을 추천했지만 실비보험 처리가 어려울 것 같고, 병원비도 조금 더 비싸다고 들어 우선 실비보험 처리가 가능한 척추전문병원을 찾았다. 그 병원에서 2019년부터 2020년 5월까지 4차례 치료를 받았지만 크게 차도가 없었다.

척추전문병원 원장님은 약을 1주일 더 먹어보고 차도가 없으면 MRI를 다시 찍어보자고 했다. 그런 다음 정확한 진단을 내리고 필요하다면 수술까지도 고려해보면 좋겠다고 했다. 그 소견을 듣고 만감이 교차했다. 문득 그 병원 홍보 문구에 '수술치료는 전체 척추질환자의 10% 정도만 하고 나머지는 간단한 시술로 치료가 가능하다'는 내용을 본 것이 기억났다. '내가 재수 없게 그 10% 안에 들어 진짜 수술을 받게 되면 어쩌지?'라는 생각에 걱정이 앞섰다.

수술해서 깨끗이 나을 수 있다면 고려해볼 수도 있었다. 하지만 지인들도 그렇고 유튜브에 나온 전문의들의 소견도 부정적이었다. 허리디스크도 그렇지만 척추관협착증은 수술을 해도 100% 완치되지 않을 가능성이 크다는 의견이 대세였다. 치료비가 500~1,000만 원가량 든다는 것도 큰 부담이었다.

결국 척추전문병원 치료를 포기하고 한방병원에서 치료를 받아보기로 결정했다. 먼저 한방병원에서 치료해보고 그래도 호전되지 않으면 수술해도 될 것 같아 2020년 6월 4일 한방병원을 처음 찾았다.

"치료 기간을 3~6개월 정도로 조금 길게 잡고, 신바로한 약(소염, 근력 강화) 복용을 병행하면 치료 효과가 큽니다."

나는 두말없이 원장님의 말을 따랐고, 그렇게 한방병원

치료를 받기 시작했다. 주 3회 외래진료를 받고 다양한 치료를 받았는데, 한 달이 지나도 크게 호전되지 않았다. 한방치료도 효과가 없는 것인가, 또다시 걱정이 밀려왔다.

"너무 걱정 마세요. 환자에 따라 치료 효과가 조금 늦게 나타나는 경우도 있습니다. 조급해하지 마시고 차분하고 꾸준하게 치료하면 분명 호전될 겁니다."

원장님의 위로에 힘입어 불안을 뒤로하고 열심히 치료를 받았다. 원장님 말대로 치료를 시작한 지 6주차가 되면서 차츰 호전되기 시작했다. 특히 허벅지가 저린 증상이 많이 줄어들었다. 치료를 계속하면서 20~30분 정도 쉬지 않고 걸을 수 있게 되었다. 그때부터 신바로한약은 더 이상 복용하지 않고, 약침을 놓는 위치를 바꾸고, 주 3회 받던 치료를 주 2회로 줄였다. 그렇게 약 한 달간 치료를 받으니 허벅지 저리는 증상이 90% 정도 없어지고 1시간까지도 쉬지 않고 걸을 수 있게 되었다. 다시 치료 횟수를 주 1회까지 줄이고 3주 정도 치료를 받았을 때 원장님이 말했다.

"이 정도면 일상생활 하시는 데 큰 문제가 없을 것 같습니다. 치료를 마무리하도록 하죠."

수술해야 한다고 할 때는 마치 사형선고라도 받은 기분

이었다. 그런데 치료를 마무리해도 되겠다는 말을 들으니 다시 살아난 것처럼 기분이 좋았다. 60세부터 인생 2막이 시작된다는데, 건강한 몸으로 성공적인 2막을 시작할 수 있을 것 같다. 물론 병원은 안 다녀도 꾸준히 몸 관리를 해야 할 것이지만 병원을 나서는 발걸음이 새털처럼 가벼웠다.

누워 있기도
힘들었던 내가
이젠 앉아서 글을 써요

- 왕금분(50대 중반, 여, 허리디스크)

허리통증을 느끼기 시작한 건 아주 오래전부터이다. 하지만 허리 아픈 사람이 나뿐이던가. 나이가 들면 누구나 한두 번쯤은 허리가 아프기 마련이다. 또한 처음에는 통증이 아주 심하지 않아 허리가 아플 때마다 동네 한의원에서 침을 맞으면서 그럭저럭 살았다.

그렇게 임시방편으로 침으로 허리를 달래면서 사는 동안 허리통증은 점점 더 심해졌다. 교육회사에 근무하는 특성 때문에 장시간 운전해 지방에 갈 일이 많고, 무거운 준비물을 들고 학교를 방문할 일도 많았는데 아마 그런 일들이 허리에 무리를 준 것 같다. 그래도 2014년도는 아슬아슬하게 버텼는데, 2015년도 봄이 되니 허리통증이 너무 심해졌다.

아픈 허리를 고치려고 논현동에 있는 ㄴ병원을 꾸준히 다녔다. 2015년 여름까지 허리에 놓는 신경가지 주사를 맞았는데, 마지막 여섯 번째 주사를 맞고 사달이 났다. 어찌된 일인지 주사를 맞고 일주일쯤 되자 허리통증이 더 심해져서 꼼짝도 하기 어려웠다. ㄴ병원에서는 수술하는 게 좋겠다고 하여 검사를 하는데, 지인이 한 번만 더 생각해보고 수술하라고 적극적으로 말렸다.

수술을 안 하고 퇴원한 후 다른 개인병원을 찾았다. 거기서도 해줄 수 있는 건 통증을 가라앉혀주는 주사를 놔주는 것뿐이었다. 하지만 주사를 맞아도 통증이 극심해 도저히 견딜 수가 없었다. 이대로 있다가는 죽겠다 싶어 큰 병원으로 가려고 마음먹고 있는데, 마침 메르스가 창궐하던 때라 어느 병원으로 가야 할지 갈피도 못 잡고 있었다.

정말 참담했다. 한여름이라 땀은 나는데 나 혼자 씻을 수도 없는 상태라 아들들이 이불째 욕실 앞으로 끌어다주면 기어 들어가 욕실 바닥에 누워서 겨우 씻었다. 그렇게 하루하루를 고통스럽게 버티다 119 구급차를 타고 ㅅ대학병원에 갔다. 야간 응급실로 간 거라 누워 있을 침대도 없어서 바닥에 수건을 깔고 누워 있었다. 겨우 진료를 받았는데 교수님이 말했다.

"MRI 상태로는 수술해야 하지만 환자 분이 견딜 수만 있으면 두 달만 견뎌보고 나서 수술하면 어떨까요?"

다짜고짜 수술을 권하지 않는 의사 선생님이 왠지 신뢰가 가서 순순히 그러겠다고 대답하고 입원했다. 하지만 견디는 게 고통 자체였다. 앉을 수가 없어서 밥도 누워서 먹었다. 다행히 그때 제대해 나온 아들이 병간호를 해주고, 누운 채로 머리도 감겨주곤 했다.

ㅅ병원에서도 허리에 주사를 맞았다. 그런데 주사를 맞으면 몸이 축 처지고, 기운을 차릴 수 없는 상황이 와서 '내가 죽는가 보다' 하는 생각이 들기도 했다. 마약성 진통제도 맞았는데, 알레르기로 온몸에 두드러기가 나서 가렵고, 온몸에 앵두가 열린 것처럼 울긋불긋했다. 무엇보다 허리에 주사를 맞으면 당수치가 300까지 올라가 열흘간 내려가지를 않았다. 사면초가였다.

❋ 나도 내가 식판을 나르고 싶다

3주 만에 ㅅ병원에서 퇴원해 지인 소개로 한방병원에 입원했다. 입원한 후 아침저녁으로 침과 신바로약침을 맞았는데 신기하게도 양방병원에서 주사를 맞으면 300까지 치솟던 혈당이 변화가 없었다.

원장님은 정말 열심히 나를 치료해주셨다. 그럼에도 통증은 쉬 가라앉지 않았다. 내가 입원한 병실은 201호였는데, 저녁만 되면 엉덩이와 다리에 이상한 통증이 와서 견딜 수가 없고, 잠을 잘 수가 없었다.

201호에 입원한 환자들 중 내가 제일 상태가 안 좋았다. 다른 사람들은 아침이면 잘 씻기도 하고, 식판도 잘 날랐다. 그 모습이 얼마나 부러웠는지 모른다. 옆 침대에 있던 환자분은 철원에서 올라온 언니였는데, 꼼짝도 못하는 나를 많이 도와주었다. 내 식판을 다 날라주고, 아프고 슬퍼서 혼자 찔찔 울고 있으면 주치의 선생님도 불러주고, 찐빵도 사다 주었다. 아마 그 언니가 없었더라면 분명 병원 생활이 더 힘들었을 것이다.

허리통증이 쉽게 줄어들지 않았지만 원장님이 워낙 열심

히 치료를 해주셔서 아픈 와중에도 믿음이 저절로 생겼다. 거의 한 달이 넘는 기간 동안 환자를 같은 모습으로 대할 수 있는 분이 또 있을까 싶을 정도로 마음을 다하셨다.

한 달 동안 꼼짝도 못하고 침대에 누워만 있으니 다리에 근육이 너무 빠졌다. 이 모습을 본 원장님은 큰일 나겠다고 하며 올라가지도 않는 다리를 들어 올리는 훈련을 시키셨는데, 통증이 너무 심했다. 그때는 이렇게 아픈데 왜 그런 혹독한 훈련을 시키는지 이해가 가지 않았다. 하지만 시간이 지나, 너무 오래 누워 있으면 그만큼 재활 기간이 길어진다는 걸 알게 되었다.

입원해서 집중 치료를 받는 동안 통증은 줄었지만 퇴원하는 날에도 편히 앉아서 식사하는 것은 불가능했다. 그럼에도 마냥 병원에만 있을 수는 없어서 퇴원하고 집에 20일 정도 있다가 출근했다. 병원에서도 그렇게 아픈 와중에도 어쩔 수 없이 누워서 노트북을 배에 올려놓고 업무를 봐야 할 때가 있었다. 노트북을 배에 올려놓으면 허리통증이 더 느껴지는데도 어쩔 수 없이 일을 조금씩 해야 했을 정도로 회사 일이 바빴다.

앉아 있기가 힘드니 회사에서는 서서 컴퓨터 작업을 할

수 있도록 해놓고 일했다. 그렇게 열흘 정도 지나니 앉을 수 있을 정도로 허리에 힘이 생겼다. 한방병원에 입원해 집중 치료를 받은 덕분에 허리는 괜찮아졌는데 출근한 지 1년 만에 다른 곳에 문제가 생겼다. 하루 종일 컴퓨터로 일을 해서 그런지 등과 어깨가 점점 뭉쳐 결국 재입원을 하게 되었다. 검사 결과 어깨에 물이 차고 어깨 힘줄이 두 군데가 찢어져 있다고 했다. 팔이 뒤로는 안 올라가고, 잠을 잘 때 통증이 더 심해져 고통 속에 밤을 지새울 때도 있었다. 다행히 열흘 정도 입원해 치료를 받으니 통증이 많이 줄었다.

✿ 수술 않고 한방병원에 온 내가 부럽다고?

퇴원해서도 당분간은 통원치료를 계속 받았다. 다른 사람들은 허리 아프고 어깨 아프면 양방병원에 가서 수술받을 것이지 왜 한방병원에 시간과 돈을 많이 쓰냐고 한다. 그러나 내가 여러 환자들을 본 바로는 수술해도 그만큼 재활 기간이 있어야 하고, 비용도 만만치 않게 든다. 재발하는 경우도 많다. 입원하는 동안 친해진 다른 환자들이 많은데, 양방병원에서 수술했는데도 차도가 없어 한방병원에 온 분들이 꽤 많다. 그런 분들은 수술하지 않고 한방병원에 온 나를 너무나 부러워했다.

한방병원에서 쓰는 신바로한약과 신경근회복술, 신바로약침, 동작침 등은 정말로 믿음이 간다. 신경근회복술은 관절 통증을 줄여주고 신경을 회복시켜주는 신바로약침을 손상 부위에 정확히 분사해 신경을 빨리 회복시켜주고 통증을 줄여주는 치료법이다. 양방병원에서 놓는 주사는 대부분 스테로이드 주사인데, 스테로이드는 진통 효과가 강력하지만 부작용이 만만치 않아 남용해서는 안 된다. 그런데 신바로약침은 스테로이드 성분이 들어 있지 않은데도 효과가 강력해 사랑하지 않을 수가 없다.

동작침도 신기하다. 동작침은 아픈 부위에 침을 놓고 움직이게 하는 치료법이다. 동작침을 처음 맞을 때 침을 놓고 움직여보라 해서 무척 당황했다. 허리가 아파서 누워만 있는데 침이 꽂혀 있는 상태에서 움직이라니 말이 되는가. 동작침 치료를 받을 때의 고통도 이루 말할 수가 없었다. 하지만 신기하게도 그 순간만 참으면 올라가지 않던 팔이 올라가고, 다리가 올라가곤 했다.

지금은 침 맞는 것도 적응이 되었다. 처음에는 아이처럼 소리를 질렀는데, 이제는 소리를 많이 지르지 않고도 잘 맞는다.

두 번째 입원했을 때는 처음 입원했을 때 그토록 소망했던 직접 식판 나르기가 가능했다. 내 것만 나르는 게 아니라 옆 침대의 할머니 식판도 날라드렸다. 그분도 내가 예전에 그랬던 것처럼 너무나 고마워하신다. 허리가 아파 처음 입원했을 때는 '나는 언제 다른 사람 식판을 날라줄 수 있을까?' 하는 작은 소망이 있었다. 남들이 보기엔 별것 아니지만 다른 사람 식판을 나를 수 있다는 것이 너무 신기하고, 그렇게 할 수 있을 정도로 병이 나았다는 게 고맙기만 하다.

이제는 얼마든지 앉아서 편히 글을 쓸 수 있다. 1년 전에 허리가 아파 꼼짝도 못했던 나날이 꿈처럼 아련하다. 그동안 나 때문에 고생한 남편에게 맛있는 음식도 해주고, 아들들에게도 씩씩한 엄마의 모습을 보여주고 싶다.

고질적인
통증 아웃!
체중 감량은 보너스~

– 최미정(50대 초반, 여, 목디스크 / 허리디스크)

원인을 알 수 없는 통증으로
고생하기 시작한 것은 약 30년 전부터이다. 왜 그렇게 아픈
지 속 시원히 원인이라도 알고 싶어 여러 병원을 방문했지
만 허사였다. 병명조차 알지 못한 채 여러 통증에 시달리면
서 울기도 많이 울었다. 특히 허리는 꼬리뼈 쪽이 많이 아팠
다. 제대로 앉아 있기도 힘들 정도로 통증이 심했고, 밤에는
통증으로 잠을 이룰 수 없었다.

통증은 부모님이 돌아가시면서 더 극심해졌다. 15년 전
에 부모님이 돌아가셨는데, 병수발 하는 동안에는 바짝 긴
장해서 통증을 못 느끼다 긴장이 풀리면서 그동안 쌓인 통

증이 한꺼번에 폭발한 것 같기도 하다. 통증은 둘째치고 아예 목이 돌아가지 않아 깜짝 놀라 병원에서 정밀검사를 받았는데 거북목, 목디스크라는 진단이 나왔다.

진단을 받고서도 바로 치료를 못했다. 그러다 집안 일로 심한 스트레스를 받았고, 증상이 악화되면서 더 큰 병원을 찾아 MRI 검사를 받았다. 검사 결과 목디스크 외에 허리디스크가 추가되었다. 아직 수술할 단계는 아니라고 해서 비수술적 요법으로 치료했으나 한계가 있었다. 잠시 좋아지는 듯하다 재발했다. 그것도 참을 수 없을 만큼 심한 통증으로 찾아왔다.

허리통증과 함께 심한 두통과 어지럼증이 동반되었다. 그러면서 서서히 왼쪽이 마비되기 시작했다. '어, 왜 이러지' 하는 동안 왼쪽은 하루아침에 완전히 마비되고 말았다.

통증을 잡아보려고 안 해본 것이 없다. 동네 병원과 한의원에서 물리치료와 침 치료를 받고, 한약까지 먹었지만 호전되지 않았다. 가뜩이나 힘든데 엎친 데 덮친 격으로 2019년 12월 교통사고를 당했다. 이미 충분히 위태로웠던 목과 허리는 큰 충격을 받고 목디스크 4, 5, 6번 사이 디스크가 삐져나와 신경을 누르는 바람에 고통은 극에 달했다. 밤에는 통증이 더 크게 느껴져 새벽까지 잠 못 들고 괴로워한 날이 끝도 없이 이어졌다.

시간이 지나면서 상태는 더 악화되었다. 왼쪽이 완전히 마비되더니 오른쪽마저 손가락이 오므라들기 시작했다. 놀라 더 큰 병원을 찾으니 당장 수술해야 한다고 했고, 수술 후 14일 만에 퇴원했다.

수술은 했지만 몸이 크게 나아진 것 같지 않았다. 또한 재발하지 않으려면 관리를 잘해야 한다는 말에 한방병원을 찾았다. 지인들이 통증 관리는 한방병원이 좋다는 말을 많이 해주었기 때문이다.

2020년 5월 9일부터 입원해 한방치료를 받기 시작했다. 병을 잘 치료하려면 환자가 의사를 믿어야 한다고 생각했다. 원장님은 항상 웃는 얼굴로 자세히 설명해주면서 치료를 해주었는데, 그런 세심함이 나로 하여금 원장님을 전적으로 믿게 만들었다. 개인 맞춤 탕약을 기본으로 매일 신바로약침과 침 치료를 했고 부항 치료, 추나요법과 도수치료를 병행했다.

허리통증을 잡는 치료와는 별도로 원장님은 체중을 줄이는 데 도움이 되는 처방을 해주시고 아울러 식사요법을 알려주셨다. 체중과 허리통증은 무관하지 않다. 체중을 줄이면 그만큼 허리에 실리는 부담이 줄기 때문에 적절한 식이요법으로 체중을 줄이는 것이 좋다. 원장님은 특히 빵, 떡, 밥, 면과 같은 탄수화물 섭취를 줄이라고 했는데, 그대로 따랐다.

결과는 놀라웠다. 90kg에 육박하던 몸무게는 매일 줄어들었다. 탄수화물을 줄이는 철저한 식사관리로 체중은 17일 만에 18kg이나 줄었다. 다시 여자가 되는 느낌에 마냥 행복했다.

갱년기 증상도 좋아졌다. 올해 내 나이 51세로 폐경기 증상이 하나둘 나타나기 시작해 힘들었다. 원래도 생리는 불규칙했다. 16세에 초경을 시작한 이후 생리 주기가 들쭉날쭉하고 양도 적었는데, 50세 전후로 더 나빠졌다. 한두 달씩 생리를 건너뛸 때도 있고, 생리혈도 탁했다. 제때 몸속의 나쁜 피를 배출하지 못해서 그런지 늘 손발이 차고 몸이 무거웠다. 그런데 한방병원에서 치료를 받고 몸이 가벼워지면서 지금은 달리기도 너끈히 할 수 있을 정도로 건강해졌다.

한방병원에서 받은 선물은 또 있다. 한방치료를 받기 전에 나는 고혈압 약을 비롯한 4가지의 약을 복용 중이었는데,

치료를 받고 다 끊었다. 허리통증을 잡고, 체중 감량에 성공하고, 성인병까지 고쳤으니 이보다 더 좋을 수가 없다. 한방 치료를 받기 전의 30년은 허리통증으로 굴곡진 아픈 시간들이었다면 앞으로의 30년은 건강한 허리로 마음껏 즐기며 살 일만 남은 것 같다.

교통사고로
터진 디스크를 살린
봉침과 신바로약침

- 조계준(30대 후반, 남, 교통사고로 인한 허리디스크)

　　　　구정 이틀 전, 여느 때와 다름없이 차가 도로를 가득 메운 익숙한 퇴근길을 달리며 잠시 신호를 받아 정차 중이었다. 아무 생각 없이 신호를 기다리고 있는데 갑자기 뒤쪽에서 '꽝' 하는 둔중한 충격음이 들렸다. 순간 몸이 잔뜩 쏠리며 내 의지와 상관없이 차가 수 미터 미끄러졌다. 그러면서 머리 또한 있는 대로 꺾여 정신이 하나도 없었다. 머릿속이 백지장처럼 하얗게 되었다가 '사고?'라는 단말마 같은 단어가 메아리처럼 요동칠 뿐이었다.

　　1분 혹은 몇 분 정도 평정을 되찾고자 안전벨트에 몸을 의지해 약간 멍한 상태에서 몸이 굽혀진 그대로 앞으로 숙이고만 있었던 것 같다. 잠시 후 문을 열고 바닥에 발을 딛는 순간 허리 부근에 생전 처음 경험하는 통증이 느껴졌다. 뭔가 찌르는 것보다는 더 깊고 날카로운 통증이 채찍처럼 허리를 후려갈기는 듯한 느낌이었다.

미간을 잔뜩 찌푸린 채 서서 주변을 살펴보니 3중 추돌이었다. 가장 뒤에 있던 차는 심하게 파손돼 잔해가 아스팔트에 널브러져 있었다. 차주로 보이는 두 명이 뒤쪽 멀리 서 있는 모습이 어렴풋이 보였다. 차량 등에 눈이 부셔 잘 보이지는 않았지만 적어도 인명 피해가 큰 것 같지 않아 다행이었다.

뒤 차량과의 거리는 적게 잡아도 4~5미터는 되어 보였다. 사고 지점이 큰 사거리다 보니 요란한 사이렌을 울리며 몰려오는 레커 차량에 수습하러 온 경찰차까지 뒤섞여 아수라장이었던 것 같다. 어찌어찌 교통사고는 정리가 되었고, 가까스로 집으로 갔다.

다음 날 허리통증이 여전해 인근 대형 정형외과를 찾아 엑스레이를 찍었다.

"내일부터 구정 연휴라 외래진료가 안 됩니다. 그리고 자동차 사고로 허리를 다친 경우는 당장 특별한 시술이 들어

갈 수 없으니 물리치료를 받고 귀가하세요."

엑스레이를 보면서 의사는 건조하게 말했다. 허리가 아파 마음의 여유가 없어 그랬는지 처음 진료를 받을 때부터 의사의 언행이 상당히 불친절한 느낌이었는데, 물리치료나 받고 가라는 말에 기분이 확 상하고, 무척 당혹스러웠다.

✿ 인터넷에서 나의 눈길을 사로잡은 한방병원

구정 연휴는 내내 통증과 씨름하면서 견뎠다. 연휴가 끝나는 주말 즈음에는 통증이 너무 심해져 침대에 누워만 있었다. 월요일이 되어 아침에 눈을 떠 자리에서 몸을 일으킬 때 통증 때문에 '악' 소리가 나오는 것을 겨우 참으며 회사에 출근했다. 허리가 끊어질 듯이 아팠지만 구정 전에 갔던 대형병원은 다시는 가고 싶지 않아 인터넷으로 회사 가까이에 있는 병원을 검색했다.

여러 병원이 나왔는데, 유독 내 눈길을 끄는 병원이 있었다. 바로 ㅈ한방병원이었다. 수술하지 않고 한방치료로 아픈 허리를 고칠 수 있다는 데 마음이 끌렸다. 즉시 전화로 예약하고 오전에 방문했지만 예약 환자가 많아 오후나 되어야 진료를 볼 수 있다고 했다. 주위를 둘러보니 꽤 큰 대기실에 진료를 받으려는 환자들로 빼곡했다. 할 수 없이 엑스레이만 겨우 찍고 회사로 복귀했다. 한시라도 빨리 진료를 받고 싶었는데 실망이 컸다.

시간은 더디게 흘렀지만 다음 날이 되었다. 아침에 몸이 벌벌 떨리는 정도의 통증이 몸을 엄습하는 가운데 응급차를 부른다는 생각은 하지도 못한 채 와이프의 도움으로 겨우 양말과 옷을 입고 차에 올랐다. 시트에 앉는 순간 '악' 하는 비명이 입 밖으로 새어 나왔다. 머릿속이 하얗게 되고 식은 땀이 날 정도의 엄청난 통증이 허리를 강타했기 때문이다. 이후 내가 어떻게 운전을 했는지 기억조차 나지 않는다. 도저히 참기 힘든 끔찍한 고통만이 뇌리에 가득했다.

회사에 도착하니 입술은 터져 있었고 오른손 손바닥은 고통을 참느라 얼마나 강하게 주먹을 쥐었는지 손톱자국에 피부가 깊게 파이고 까지고 엉망이었다. 출근카드 체킹을 하고, 곧바로 병원으로 향했다. 그때도 택시를 잡아 이동한다는 생각은 하지도 못한 채 다시 운전대를 잡고 직접 운전했다. 운전하는 동안 '혹시 이대로 정신을 잃는 것은 아닐까?' 걱정이 될 정도로 고통은 말로 표현할 길이 없었다.

진료 접수를 하고 원장님을 기다리는 동안에도 차마 의자에 앉지를 못하고 내내 벽에 기대어 서 있었다. 이름이 호명되고 겨우 비틀거리며 진료실에 들어가자 내 나이 또래거나 혹은 나보다 더 젊어 보이는 원장님이 반가운 얼굴로 맞아주었다. 원장님은 친절히 내 상태를 물어보았다. 구정 전에 방문했던 병원과는 비교가 될 정도로 확연히 다른 느낌이었으나 당시에는 고통에 이것저것 생각할 겨를이 없었던 것 같다.

✿ "수술할 필요 없습니다. 저를 믿어주세요"

원장님은 입원치료를 권했다. 통증이 심해 일상생활이 불가능한 상태였으므로 나 또한 입원치료가 필요하다고 생각해 입원수속을 마쳤다. 병상에 누워 3일 정도는 밥을 거의 입에 대지 못했다. 도무지 앉을 수가 없어 밥을 먹지도 못했고, 서서 소변을 볼 수 없으니 고통이 두려워 물조차도 일부러 마시지 않았다.

간호사 분들은 걱정이 되었는지 수시로 방문하여 상태를 살피셨고 빨대까지 가져다주며 "물이라도 드시라."며 친절을 베풀었다. 무엇보다 원장님의 모습은 나에게 큰 감동을 주었다. 원장님은 아침에 출근하자마자 백팩을 벗지도 않은 채 병실부터 방문해 걱정이 되어 먼저 들렀다며 상세히 경과를 물어보며 내 상태를 확인했다.

원장님의 배려로 MRI도 빨리 찍을 수 있었다. 결과는 그날 저녁에 나왔다. 참으로 충격적이게도 디스크가 2개나 터졌다는 통보를 받았다. 원장님은 병실에 식물인간같이 누워있는 내 상태를 보시면서도 "절대 수술할 필요가 없다."며 굳은 약속을 하듯 꼭 믿어달라고 했다. 참 지금 생각해도 그때 원장님의 말이 너무 진술하게 들렸다는 것이 신기하다. 사실 주변 사람들은 다 만류했다. 그럼에도 그간의 특별한 배려와 친절 때문이었을까? 원장님을 믿고 병원을 옮기지 않았다.

입원한 지 3일째 진료 날, 원장님은 "내일은 좀 일어서게 해드리겠다."며 봉침을 놓아주셨다. 원장님을 믿었지만 지금껏 꼼짝도 못했는데 내일 일어서게 해준다니 거짓말 같았다. 하지만 다음 날 정말 기적같이 자리에서 일어설 수 있었다. 여전히 다리를 절고 오래는 서 있지 못했으나 주변 간호사 분들도 모두 놀라셨고 일어서게 해주겠다던 원장님 자신도 상당히 놀라는 눈치셨다.

거동이 조금은 가능해지자 부모님의 성화에 잠시 인근 신경외과를 한 번 방문하였다. 내 MRI를 보더니 의사 선생님은 "이 자료를 가지고 어느 정형외과를 가든지 100% 당장 수술을 들어가야 한다는 진단을 내릴 것"이라고 했다. 내가 서서 진료를 받으러 들어온 것 자체가 굉장히 의외라는 말도 덧붙였다.

신경외과 진료를 받고 다시 한방병원으로 복귀했다. 원장님은 내 눈을 똑바로 응시하며 "절대 수술할 필요가 없다. 이렇게 거동이 가능한데 왜 수술해야 하냐."며 거듭 나를 설득하셨다. 원장님 말대로 입원 2주차부터는 통증이 많이 줄고, 거동도 많이 좋아졌다. 양방에서 하는 그 어떤 시술도 받지 않고 봉침과 신바로약침만으로도 이렇게까지 좋아질 수 있다니 정말 놀랍고 감사하기만 하다.

네 발로
기어와
두 발로 나가다

- 박천홍(50대 초반, 남, 허리디스크)

　　기쁨은 나누면 배가 되고 슬픔은 나누면 반이 된다고 한다. 통증도 슬픔처럼 나누면 반이 되면 좋으련만 안타깝게도 통증은 나눌 수가 없다. 가족이나 주변 사람들의 진심 어린 걱정에도 야속한 통증은 줄어들지 않는다.

　　통증으로 인한 고통은 겪어보지 않으면 절대 알 수가 없다. 허리디스크로 허리가 아파 본 사람은 그 통증이 얼마나 사람을 피폐하게 만드는지 공감할 것이다. 허리뿐만 아니라 엉덩이, 다리, 발끝까지 저리고 당기고, 전기가 흐르는 것처럼 찌릿한 통증. 그 어떤 말로도 표현하기 힘든 통증들로 일상은 엉망이 되어버린다.

2018년 1월 초, 허리가 아파 가까운 병원에서 엑스레이를 찍었다. 의사 선생님은 디스크가 의심된다며 약 처방을 해주었다. 그때만 해도 허리가 아픈 지가 그리 오래되지 않아 약만 잘 먹으면 금방 나을 줄 알았다. 하지만 한 달 동안 약을 먹었는데도 호전되지가 않아 상급 병원에서 MRI 검사를 받았다. 그 결과 요추 5번 디스크 판정을 받았다.

의사 선생님은 디스크 탈출 정도가 심하지 않은 중간 정도라며 약 처방을 해주었다. 약은 주로 소염진통제로, 먹으면 어느 정도 통증이 감소했다. 하지만 일상생활에서 좀 무리를 하면 통증이 악화되었다. 다시 약을 먹으면 가라앉았다가 일상생활 부주의로 악화되는 일이 매일 3~4회 정도 반복하는 동안 반년이라는 시간이 흘렀다.

거의 6개월을 소염제로 버티던 중 7월 중순 갑작스럽게 정말로 통증이 3분의 1로 감소했다. 너무 기뻐 의사 선생님께 고맙다고 인사까지 했는데 하룻밤 사이에 통증이 재발해 응급실을 거쳐 병원에 입원하기에 이르렀다.

그때부터는 더 이상 소염제와 진통제가 듣지 않았다. 먹어도 쉽게 통증이 가시지 않아 신경차단술을 받았다. 디스크가 있는 요추 부위에 손상된 신경을 치료하고 통증을 가라앉히는 약물을 주입하는 시술인데, 이 시술을 두 번이나 받았는데도 호전이 없어 수술을 권고받았다.

주변에서 수술을 해도 크게 좋아지지도 않고 부작용도 있다는 말을 많이 들어 퇴원과 동시에 지인이 추천해준 한방병원으로 입원했다. 그날이 7월 21일이다.

첫 주는 그야말로 통증과의 싸움이었다. 낮에는 그럭저럭 참을 만했지만 밤이면 통증이 심해져서 6회 정도 진통제 주사를 맞기도 했다. 좌골신경통과 종아리 아래까지 뻗치는 통증으로 화장실 가기도 버겁고 세 끼 식사도 엎드려서 먹어야만 했다.

첫 주는 통증이 심해 병원 안에서도 이동하기가 힘들어 추나치료와 신바로약침 치료만 받았다. 새로 시작한 추나요법과 신바로약침 치료에 기대를 많이 했지만 2주가 다 되어도 약간만 좋아질 뿐, 통증은 비슷했다. 만족스럽지 못한 결과였다. 환자 입장에서는 의구심이 들었다. 약간의 불만과 투정으로 원장님께 따지듯이 물었다.

"보통 2주면 어느 정도 통증이 줄어든다고 들었는데 왜 효과가 없는 거죠?"

나의 신경질적인 질문에도 원장님은 차분한 목소리로 격려해주셨다.

"지금 잘하고 계세요. 자세도 잘하시고 스테로이드 약에 의존하지 않고도 잘 참고 계십니다. 조금만 더 참고 노력하면 금방 좋아질 거예요."

처음부터 세심하게 살펴준 원장님이지만 내가 투정 어린 불평을 한 후 더 열심히 치료해주었다. 신바로약침 투여량을 늘렸는데, 신바로약침도 더 깊이 놓는 것처럼 느껴졌다.

3주차 중반쯤부터는 드디어 눈에 띄게 호전되기 시작했다. 너무 기뻐 날짜도 기억난다. 8월 7일에는 걷는 자세도 많이 좋아지고, 식사도 의자에 앉아서 하기 시작했다. 복도에서 5분 정도 걷기 운동도 가능해졌다.

만 4주차가 되었을 때는 병원 밖으로 나가 주변을 산책할 수도 있을 정도로 회복되었다. 감회가 남달랐다. 도로를 바쁘게 오가는 사람들, 매캐한 자동차 매연까지도 새롭고 반가웠다. 마음 같아서는 더 오래 입원하고 싶었지만 여러 가지 이유로 한 달여 만에 퇴원했다.

퇴원하는 날, 내 발로 걸어 병원 문을 나서니 가슴이 벅차올랐다. 이 한방병원에 와서 사람 돼서 나간다는 느낌이었다. 네 발로 겨우 기어들어와 입원치료 받고 두 발로 걸어 나가는데 이것이야말로 기적이라는 생각이 들었다. 4주 만에 작은 기적을 만나게 해준 병원은 앞으로 내내 나의 소중한 고향처럼 느껴질 것이다.

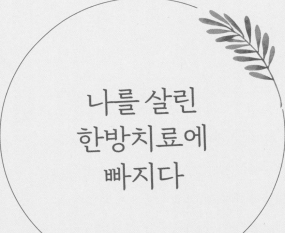

| chapter 2 |

나를 살린
한방치료에
빠지다

경험하지 않고는
믿기 어려운
침 한 방의 효과

- 홍성인(50대 후반, 남, 허리디스크)

질병코드 M51.1

이는 신경뿌리병증을 동반한 요추 및 기타 추간판장애를 의미하며 흔히 허리디스크라 부른다. 질병코드가 머릿속에 각인되었을 정도로 이 질병은 오랜 세월 나를 괴롭혔다.

허리가 아프기 시작한 것은 10년 전쯤이다. 처음에는 통증이 그리 심하지 않았다. 제자리를 벗어난 디스크가 신경을 자극해 허리부터 아팠는데, 시간이 지날수록 통증이 허리에서 다리로 내려오면서 다리까지 저리고 아팠다.

중학교 교사인 나는 서 있거나 계단을 오르내려야 하는 일이 잦다. 보통 하루에 4~5시간 서서 수업하고, 학교에는 엘리베이터가 없어서 수도 없이 계단을 오르내려야 한다. 그런데 오래 서 있거나 계단을 오르내릴 때 통증이 더 심해져 거의 매일매일이 고통의 연속이었다.

10여 년 동안 양방병원에 수없이 입원과 퇴원을 반복했다. 하지만 치료를 받을 때는 괜찮아진 것 같다가도 1~2년 후에는 통증이 재발해 다시 병원을 찾을 수밖에 없었다. 왜 자꾸 재발할까? 근본적으로 치료할 수 있는 방법은 없을까?

✽ '검사는 양방, 치료는 한방'에 끌리다

오랫동안 양방병원을 전전하며 고생했던 나로서는 달리 선택의 여지가 없었다. 양방치료가 아닌 다른 치료를 받고 싶었다. 많은 분들이 '양방 아니면 한방 이외에 달리 방법이 있겠는가?' 하겠지만 그때까지만 해도 나에게 한방은 낯설기만 한 치료였다. '1 침, 2 뜸, 3 약'이라는 옛말은 오래전부터 알고 있기는 했지만, 사실 침이라는 것이 현대인에게는 다소 생소하기도 하고, 아픔을 예측하기 힘들어 조금은 꺼려지기도 했다.

게다가 양방병원과 달리 한방병원에 대한 정보도 턱없이

부족했다. 한방치료를 받으려고 해도 어느 한방병원으로 가는 것이 좋은지 알 수가 없었다. 그래서 인터넷에서 무조건 '안산 한방병원'으로 검색했더니 제일 위에 'ㅈ한방병원'이 나타났다.

병원의 치료 철학부터 마음에 들었다. 자생(自生)은 '스스로의 힘만으로 삶을 꾸려 나감', '저절로 나서 자람'이라는 뜻이다. 스스로의 힘으로 수술하지 않고 치료한다는 의미이기 때문에 내가 찾고 있던 치료 방법이라고 생각되었다. 더구나 '통증만 줄이는 치료가 아닌, 통증의 원인을 찾아 치료하고 재발의 위험성을 낮추는 치료입니다'라는 문구는 오랫동안 양방병원을 전전했던 나에게는 매우 매력적으로 보였다. 특히 양방과 한방의 협진으로, '검사는 양방'으로 '치료는 한방'으로 한다는 것에 더욱 믿음이 생겼다.

❈ '한 방'으로 '한방'의 효과를 보다

2017년 12월 8일. 원장님께 처음 침을 맞았던 그날은 결코 잊을 수 없다. 침 한 방으로 통증이 완화된다면 믿을 수 있겠는가. 직접 경험하지 않고서는 도저히 믿을 수 없는 거짓말 같은 효과를 나는 그날 확인했다. 단 한 방의 침으로 그렇게 지긋지긋하게 나를 괴롭히던 통증이 물러났다. 물론 침과 함께 추나요법도 병행했지만 그날 나는 침의 효과를 제대로 경험했다.

침 한 방의 효과는 나로 하여금 한방치료로 고질병이었던 내 허리디스크를 고칠 수 있다는 가능성을 보게 하였다. 아예 입원해 제대로 치료받아 병의 뿌리를 뽑고 싶었다. 하지만 당시 학교 업무가 가장 바쁜 학년말이라 입원하기가 쉽지 않았다. 그럼에도 근본치료의 가능성을 본 나는 이번 기회에 제대로 병의 근원을 치료받고 싶은 욕심에 교장선생님께 재가를 얻어 입원하였다.

입원해서 매일 침을 맞았다. 침 맞는 데 익숙지 않은 나로서는 침 맞기가 쉽지는 않았다. 특히 약침을 맞을 때는 고통스러워서 손이 땀으로 흥건해지기도 했다. 진료 시간이 가까워지면 그냥 저절로 식은땀이 날 정도로 긴장되었지만 한편으로는 매일매일 원장님에게 치료받는 시간이 기다려졌다. 침을 맞는 10분 정도가 지나면 허리통증이 줄어들 것을 알기에, 수술하지 않아도 허리디스크가 나을 것이라는 희망을 보았기에 20여 일을 아무 불평 없이 침을 맞고 12월

말 퇴원하였다.

20여 일의 입원치료는 나의 일상을 완전히 바꿔놓았다. 몇 년이 지난 지금까지 아무런 통증 없이 일상생활과 직장 생활을 하고 있다. 하루 4~5시간씩 서서 수업하는 것이 전혀 고통스럽지 않으며, 계단을 오르내리는 것이 더 이상 두렵지 않다. 허리가 아프지 않다는 것만으로도 삶의 질이 훌쩍 올라간 것이다.

🌸 허리통증만 줄어든 것이 아니다

근본치료라는 것은 지금 현재 아픈 부위만 치료하는 것이 아니다. 병의 근원을 치료하고, 몸의 균형을 맞춰주는 치료법이기 때문에 만성질환뿐만 아니라, 노화로 생기는 각종 증상도 함께 호전된다는 것을 입원치료를 하면서 경험했다.

50대가 되니 척추를 제외한 어느 한 곳이 특별히 크게 나쁜 곳은 없음에도, 몸은 작년과 다르고, 지난달과 다르게 느껴졌었다. 그런데 근본치료 덕분인지 허리통증이 완화되면서 만성적인 피로감도 줄어들었다. 작년까지는 점심시간 후에는 너무 피곤하여 명예퇴직을 하고 실컷 잤으면 좋겠다고 생각할 정도로 피로감을 느꼈지만 지금은 학교에서 학생들을 가르치며 생활하는 것이 즐겁기만 하다. 또한 심하지는 않았지만 스트레스가 심하면 더욱 심신을 괴롭혔던 불면증도 더불어 좋아졌다.

20여 일 동안 입원치료를 하면서 매일 침을 맞고, 한약과 환약, 그리고 연골 재생에 도움이 된다는 '관절고'라는 약을 세 끼 식사 후 챙겨 먹었다. 허리통증을 없애고자 시작했던 입원치료 덕분에 몸 전체의 건강이 좋아지면서 건강에 대한 자신감이 생긴 것이 신기하기까지 하다.

남자와 여자, 부모와 자식뿐만 아니라 환자와 의사도 좋은 인연이 있다고 생각한다. 허리통증이 완화되자 한방치료와 원장님에 대한 믿음이 생겼다. 입원 일주일 후쯤 2~3개월 전부터 손목 관절 때문에 왼손으로 무거운 물건을 들 수 없었는데, 혹시 이것도 치료가 되지 않을까 하여 말씀드렸더니 손목 역시 '한 방'에 효과를 보았다.

한방의 효과는 그뿐만이 아니다. 10년쯤 전부터 왼쪽 엄지발가락의 안쪽 부분이 감각이 없었다. 크게 불편하지 않아서 무심하게 지내왔는데, 발가락 감각이 돌아오자 '이번 기회에 이것도 고쳐볼까'라는 생각에 약침을 놓아달라고 원장님께 부탁했다. 세상 신기하게도 '한 방'을 맞은 그날부터 느낌이 조금씩 돌아왔다.

한방치료 '침 한 방'으로 여기저기 불편했던 내 몸은 다시 회춘이라도 한 듯 건강해졌다. 이제는 허리도, 손목도, 왼쪽 발가락도 좋아져서 삶의 질이 훨씬 높아졌다. 건강이 좋아지니 앞으로 펼쳐질 나의 인생 후반전이 벌써부터 기대가 된다.

8년 동안 나를 괴롭힌 고관절 통증, 드디어 안녕!

- 강성숙(60대 초반, 여, 고관절 통증)

2009년 어느 겨울 오전이었다. 길을 걷다가 공사장 파이프에 걸려 넘어졌는데 발등, 무릎, 꼬리뼈, 고관절에 날카로운 통증이 생겼다. 바로 병원을 찾아 엑스레이를 찍어보니 발등뼈에 금이 갔다고 했다. 제일 급한 발등뼈에 깁스를 하고 치료를 받았다. 다행히 회복되어 일상으로 돌아올 수 있었다.

그런데 언제부터인가 또다시 고관절이 아프기 시작했다. 처음에는 대수롭지 않게 여겼다. 전에도 그랬듯이 치료를 받으면 금방 좋아질 줄 알았다. 하지만 가볍게 생각했던 고관절 통증은 쉽게 사라지지 않았다. 가까운 정형외과를 다니면서 주사치료를 받았는데, 주사를 맞았을 때는 좀 나아지는 듯하다가 얼마 지나지 않아 통증이 재발했다. 그때마다 정형외과를 찾으며 버틴 게 무려 8년이다.

하지만 8년 이후부터는 통증이 점점 더 심해지고, 주사를 맞아도 별반 효과가 없었다. 2018년 여름부터는 의자에 앉고 일어서는 것은 말할 것도 없고 옷 입는 것, 바닥에 떨어진 물건을 줍는 것, 계단을 오르는 것, 걷는 것, 심지어 잠을 자는 것조차 어려워지기 시작했다. 더 이상 동네 정형외과에서는 치료가 안 될 것 같아 종합병원으로 옮겨 치료를 받았으나 결국 고관절 수술을 해야 한다는 권유를 받았다.

고관절 수술! 참 무서웠다. 어르신들을 많이 접하는 업무 특성상 고관절 수술을 한 후 돌아가신 분들을 많이 보았기 때문이다. 어떻게든 수술을 피하고 싶어 서울에 있는 종합병원을 찾았다. 혹시 종합병원에는 치료법이 있을까 기대했지만, 예약과 상담을 하는 과정에서 한방병원의 한 원장님을 소개받았다. 양방병원에서 좀 더 전문적인 양방병원을 소개하는 경우는 있어도 대형 종합병원에서 한방병원 원장님을 소개해주는 건 이례적인 일이다. 그래서 더 신뢰가 갔다.

소개받은 한방병원에서 치료를 받으면서 그동안 내가 한

방치료에 참 무지했다는 생각을 했다. 나는 한방병원은 일반적으로 한약 처방과 침 치료만 하는 줄 알았다. 또 소개받은 한방병원은 치료비가 비싸다는 말을 들었는데 그것 역시 오해였다. 처음 상담을 하는 과정에서 일부를 제외한 다른 치료들은 건강보험이 적용된다는 안내를 받았다.

검사 과정도 의외였다. 엑스레이나 MRI 검사는 양방병원에서나 하는 줄 알았는데, 이 한방병원은 양한방 협진으로 양방병원에서 하는 검사가 가능했다. 원장님은 검사를 통해 몸 상태를 점검한 후 나의 고관절과 허리 상태를 자세히 설명해주고 치료를 시작했다.

'8년 동안이나 나를 괴롭혔던 통증이 과연 치료가 될까?'

솔직히 한방병원을 찾기 전에는 의구심이 있었다. 하지만 원장님의 친절한 설명을 듣고 나니 무조건 믿어보자는 마음이 생겼다.

4주가 지나면서 놀라운 일이 생기기 시작했다. 아침에 일어나 침대에서 내려오는데 통증이 사라진 것이었다. 너무나 놀라서 양말을 신고, 옷도 입어보고, 의자에 앉아보고, 계단을 오르락내리락해 보았다. 확실히 통증이 현저히 줄었다. 움직일 때마다 '아야, 아야!' 소리를 질렀는데, 더 이상 소리를 지르지 않게 되었다.

믿어지지가 않았다. 식구들도 "웬일이냐"며 신기해했다. 많은 사람이 당연히 누리던 일상을 되찾은 기쁨은 이루 말할 수 없이 컸다. 믿자고 하면서도 마음속 깊이 묻어 두었던 의구심은 이제 완전히 사라졌다.

3개월 만에 모든 치료는 끝났다. 치료가 끝나는 날 통증이 다시 찾아오면 꼭 내원하여 침을 맞으라는 원장님의 따뜻한 위로를 받으며 병원을 나서는데, 마치 세상을 다 얻은 듯한 기분이었다. 병원을 나오기 전에 간호사님에게 환하게 웃으며 "오늘 졸업했어요."라고 인사했다. 수납창구에도 들러 졸업했다고 자랑하며 집으로 돌아오는 길은 기쁨 그 자체였다.

한방병원에서 받은 치료는 다양하다. 그중 어떤 치료가 가장 좋았는지를 가리는 것은 큰 의미가 없는 것 같다. 한방 치료는 어느 한 가지 치료보다는 침과 추나요법, 약물요법을 병행했을 때 효과가 극대화된다는 것을 치료를 받으면서 알게 되었다. 운동도 도움이 많이 됐다. 원장님이 치료 중간중간 운동요법을 친절하게 알려주셨는데, 열심히 하라는 대로 운동하며 치료를 받은 덕분에 지금의 행복한 일상을 되찾을 수 있었다는 생각이 든다.

통증이 사라진 후 맞는 아침은 정말 상쾌하다. 예전에는 자는 것도 힘들고, 일어날 때 '아이고' 비명이 절로 나 일어나기가 무서웠는데, 지금은 기분 좋게 일어날 수 있고, 이젠 살 수 있겠다는 생각이 들어 출근길이 가볍기만 하다.

남들에겐 이미 익숙한 일상이라 새로울 것도 없겠지만 나는 다시 찾은 일상이 너무나 소중하다. 막 자랑하고 싶다. 내가 찾은 일상을 소리 내 떠들고 다니고도 싶다. 이젠 산책도 할 수 있고, 등산도 갈 수 있고, 전철도 탈 수 있고, 바닥의 물건도 내가 집을 수 있다고 말이다.

다시 생각해도
너무나 잘한
그때 그 선택

- 박충만(30대 초반, 남, 목디스크)

농사일은 늘 고되다. 한창 바쁠 때는 아침부터 밤늦게까지 허리 한 번 펴지 못하고 일해야 하지만 애쓴 만큼 풍요로운 결실을 얻게 될 때는 세상 부러울 게 없다. 농사일이라는 게 힘든 것도 힘든 거지만 허리를 구부리거나 쪼그려 앉는 등 좋지 않은 자세로 일하는 경우가 많다. 그래서인지 30대 젊은 나이임에도 목과 허리가 좋지 않았다.

그렇게 아프면 아픈 대로 참으며 살다가 다이어트 삼아 운동을 시작했다. 농사일과 운동은 또 다르다. 몸을 쓰는 일에는 제법 이골이 나 있었음에도 운동을 하다가 자세가 잘

못되었는지, 아니면 너무 무리했는지 갑자기 등이 결렸다. 좀 쉬면 낫겠지 했는데, 며칠이 지나도 통증이 지속되고, 급기야는 어깨와 팔까지 아파 밤에 잠을 잘 수도 없는 지경에 이르렀다.

그대로 두면 안 될 것 같아 양방병원에 갔다. MRI 검사를 했는데 '목디스크' 판정을 받았다. 의사는 빠른 시간 안에 수술을 받으라고 권했지만 내키지 않았다. 하지만 당장 통증이 심해서 수술 대신 '신경차단술'이란 시술을 받았는데 통증은 사라졌지만 사람이 멍해지면서 바보가 된 듯한 기분이 들었다.

나이도 젊은데 꼭 수술을 받아야 하나? 수술은 정말 싫었다. 그래서 수술하지 않고 비수술 요법으로 목디스크를 치료할 수 있는 병원을 찾던 중 한 한방병원이 눈에 들어왔다. 나와 비슷한 환자들이 이 한방병원에서 치료받고 완치한 사례들이 많아 믿음이 갔다.

"목디스크로 수술을 받아야 한다는 판정을 받았습니다. 여기서 치료할 수 있을까요?"

"물론입니다. 환자 분과 비슷한 젊은 환자들도 좋은 결과가 있었습니다. 아직 나이가 젊은데 수술하기에는 아깝습니다."

한방병원 원장님은 수술하지 않아도 나을 수 있다며 치료를 권했다. 입원하고 침 치료, 신바로약침, 추나요법 등여러 가지 치료를 받았다. 하지만 열흘 정도는 아무런 차도가 없었다. 오히려 통증이 극심해져 제대로 치료가 되는 것인지 불안해졌다.

"당장은 아프겠지만 점차 치료가 되어가는 과정이니 너무 걱정하지 마십시오."

원장님은 나를 안심시키며 부위별로 통증을 잡아주었다. 거짓말처럼 한 부위 한 부위 통증이 사라져서 3주 만에 모든 통증이 잡혔다. 그 후로는 아프고 저린 느낌은 사라졌지만 어깨와 팔 사이에 불편한 느낌이 있고, 팔에 힘이 돌아오지 않아서 치료를 계속 받았다.

3주부터 5주까지는 솔직히 너무 힘든 시기였다. 분명히 좋아지고 있는 것이 눈에 보였지만 그마저도 무의미하게 느껴졌다. 마음은 급하고 호전 속도는 더디기만 해서 더욱 그랬던 것 같다. 원장님은 "이 시기만 잘 넘기면 된다."며 점점 치료 강도를 올렸다.

그런데 6주차가 되면서 놀랍게도 갑자기 좋아지기 시작

했다. 비행기가 꽤 오랜 시간 활주로를 달리다 어느 순간 갑자기 하늘 높이 솟으며 이륙하는 것처럼 순식간에 거짓말처럼 좋아졌다. 완전히 다 회복된 느낌이었지만 원장님은 재발 위험이 있으니 조금만 더 지켜보며 치료를 하자고 했다. 그래서 한 주 더 입원하고 7주 만에 퇴원했다.

정말 수술하지 않고 나을 수 있을까? 처음에는 한방병원에 입원하면서도 조금은 의심이 마음 한편에 있었다. 하지만 그런 생각을 했던 것조차 미안하게 느껴질 정도로 목디스크가 좋아졌다. 수술을 했다면 보조기구를 차고 가만히 있어야 하고, 상처가 아문 후에는 또 재활을 해야 하는데 비수술 치료를 받으니 그런 걱정이 없어서 좋았다. 퇴원 후 바로 일상생활에 복귀할 수 있었으니 참으로 다행이다.

한방병원의 장점은 또 있다. 목디스크로 입원했지만 한방병원은 목만 치료하는 것이 아니라 한약과 침술, 추나요법 등을 통해서 몸의 전체적인 밸런스와 컨디션을 잡아주었다. 그래서 목디스크만 좋아진 것이 아니라 고된 노동일로 늘 컨디션이 좋지 않았던 몸이 가벼워지고 건강해진 느낌이었다.

입원시설이 좋다는 것도 참 좋았다. 커튼으로 확실하게

개인 공간을 구분한 독립된 병실과 1인 TV도 좋았고, 휴게실 환경도 훌륭했다. 집보다도 편안한 분위기여서 7주라는 길다면 긴 입원 기간 동안 잘 지낼 수 있었던 것 같다.

지금은 건강하게 농사일 잘하면서 잘 지낸다. 어쩌다 문득 '그때 내가 한방병원에 가지 않고 병원에서 수술을 받았으면 어땠을까?' 생각할 때가 있다. 만약 한방병원에서 치료가 잘 안 되었다면 수술 대신 비수술 치료를 선택한 걸 후회했을지도 모른다. 하지만 모든 것이 편안한 지금은 그때 한방병원을 선택한 것이 다시 생각해도 정말 잘한 일이라는 생각이 든다.

내가
한방치료를
고집한 이유

- 이동해(70대 초반, 남, 허리디스크 / 어깨통증)

"요즘에는 양방병원도
수술하지 않고 비수술 시술로 다 치료하는데 왜 굳이 한방
병원을 가려고 하세요?"

"한약은 먹을 때만 아프지 않고 안 먹으면 또 아프대요.
한약 값도 엄청 비싸다던데……."

한방병원에서 치료를 받겠다고 하자 가족들이 이구동성
으로 한방치료보다 양방치료가 좋다며 말렸다. 가족들의 반
대가 서운했다. 허리가 아픈 지는 무척 오래됐다. 처음에는
어쩌다 한 번씩 아프고 말더니 시간이 지날수록 자주 아프
고 통증의 강도도 커졌다.

오른쪽 다리가 더 아팠다. 오른쪽 다리 전체가 아프고 움직이는 게 불편해지더니 오른쪽 발가락마저 움직이기가 힘들어졌다. 특히 발가락에 힘을 주기가 어려워졌는데, 뒷걸음질하기는 더더욱 어려웠다. 급기야는 종아리 바깥쪽으로 당기면서 심하게 아파 바닥에 앉지도, 서 있지도, 누워 있지도 못해 너무 힘들었다. 밥을 먹을 때도 바닥에는 앉지도 못하고 의자에 앉아서 먹다, 서서 먹다를 반복하고, 심지어는 허리를 굽히고 먹을 때도 있었다.

통증 때문에 편안하게 잠을 자지도 못했다. 통증이 있을 때는 일어나서 운동을 하면 좀 견딜 만해서 자다가도 수없이 일어나 운동을 하곤 했다. 운동으로도 통증이 가라앉지 않아 꼬박 밤을 새우다시피 한 날도 많았다.

어떻게든 허리를 고치고 싶어 나와 똑같이 허리통증으로 고생한 사람들에게 조언을 많이 구했다. 수술을 받은 사람이나 비수술 시술을 받은 사람 모두가 입을 모아 "한 번 수술하면 또 수술해야 한다."고 말했다. 그중에는 수술을 다섯 번이나 했다는 사람도 있었다.

한 번만 수술해서 낫는다면 모를까, 수술했는데도 재발해 또 수술한다는 것은 생각만 해도 끔찍했다. 그래서 수술도, 양방병원의 비수술 시술도 아닌, 한방치료로 허리를 고쳐야겠다고 결정한 것인데, 가족들의 반대에 부딪히자 서운하기도 하고, 한편으로는 화가 나기도 했다.

의학적 지식이 많지는 않았지만 수술이나 비수술 양방치료는 모두 아픈 부위만 치료하는 것이니 근본적인 치료는 아니라는 생각이 들었다. 반면 한방치료는 뼈와 연골, 근육, 신경 등 온몸을 전체적으로 치료하는 것이니 시간은 좀 걸릴 수 있어도 허리통증의 뿌리를 뽑을 수 있을 것 같았다.

지금 생각하면 처음부터 한방치료에 대한 절대적 믿음이 있었던 건 아니었던 것 같다. 가족들이 워낙 반대를 하니 청개구리처럼 반발 심리로 한방치료를 더 받고 싶었던 것 같기도 하다. 그래서 끝까지 결심을 굽히지 않고 한방병원을 찾아 상담을 받았다.

상담을 받은 후 치료를 받은 지 한 달 정도 지나니 거짓말처럼 통증이 모두 사라졌다. 그때 나는 확신했다. 역시 내 생각이 틀리지 않았다. 치료만 꾸준히 받으면 완치할 수 있다는 믿음이 확고해졌다. 그때부터 더 열심히 치료를 받았다. 일주일에 두 번씩 지하철을 타고 다니면서 침을 맞았고, 병원에서 처방해준 신바로한약도 열심히 먹었다.

원장님은 처음 상담할 때 조심해야 할 것과 꼭 지켜야 할 것을 자세히 알려주셨다. 나는 원장님이 알려준 것을 그대로 지키면서 치료를 열심히 받았다. 앉아 있는 것보다 서 있는 자세가 허리통증도 줄여주고 허리 근육을 강화하는 데도 도움이 된다고 해 지하철을 타도 절대 의자에 앉지 않았다.

운동도 꾸준히 했다. 하루에 아침, 저녁으로 두 번 꼭 운동하고 운동 전후로 간단한 스트레칭을 하는 것도 잊지 않았다. 커피나 음료수, 담배, 술처럼 척추에 해로운 것은 절대 먹지 않았다.

그렇게 6개월 동안 치료를 받은 결과 지금은 허리통증도 완쾌되고 발 저림 증상도 다 사라지고 날아다닐 것 같은 기분이다. 그토록 반대했던 가족들의 태도도 180도 변했다. 수술이나 비수술 치료를 받지 않고도 건강한 허리를 되찾아 신명나게 사는 나를 보고 한방치료를 신뢰하기 시작했다.

6개월이면 결코 짧은 시간은 아니다. 하지만 내 경험상 치료를 받을 때 너무 성급하고 조급해하는 것은 아무런 도움이 안 된다. 빨리 낫고 싶은 마음이야 충분히 알지만 어느 정도 인내와 끈기가 필요하다. 더불어 본인이 낫겠다는 의지와 노력이 있어야 완치할 수 있음을 확인했다. 나처럼 통증 때문에 고통스러워하는 분들에게 헛된 소문만 듣고 흔들리지 말고 믿음을 가지고 치료를 꾸준히 받는다면 반드시 완치할 수 있다는 말을 꼭 해드리고 싶다.

난생처음 경험한
극심한 허리통증,
한방으로 잡다

- 박성우(40대 후반, 남, 허리디스크)

2016년 3월 21일. 아직도
그날의 기억이 생생하다. 충무로 어느 식당에서 행사 관계
자들과 이른 점심 식사를 했다. 12시 10분경, 식사를 마치고
테이블에서 일어서는 순간 '빡' 하는 소리가 들렸다. 동시에
허리가 무너져 내리는 듯한 통증이 '번쩍' 스쳐갔다. 처음 겪
어보는 아픔이었다. 그래서 시각과 청각이 동시에 이상 반
응을 보였던 게 아닌가 싶다.

꼼짝도 할 수 없을 정도로 아팠지만 통증이 가라앉기를
기다렸다. 중요한 행사이기도 했고, 꼭 내가 해야만 하는 일
도 있었기 때문이다. 처음 경험하는 통증이라 막연히 '행사

가 끝나고 나서 병원에 가도 되지 않을까' 생각한 것도 사실이다.

하지만 30여 분 뒤 마음을 고쳐먹었다. 움직이는 게 점점 더 힘들어졌기 때문이다. 예전에 척추 디스크 시술을 받은 경험이 있는 직장 동료에게 전화해서 회사 근처 어느 병원을 가야 하겠느냐고 물었다. 그는 'ㅈ한방병원'을 추천했다.

죽을힘을 다해 택시를 탔다. 뒷좌석에 앉아 있는 것 자체가 고역이었다. 병원으로 이동하면서 '참 억울하다'는 생각이 들었다. 허리 상태가 좋지 않다는 건 예전부터 알고 있었다. 그래서 5년 전 필라테스와 웨이트 트레이닝을 하면서 12개월에 걸쳐 몸무게를 10킬로그램 줄였다. 이후 아무리 바빠도 매주 최소 세 번 이상 요가를 했다. 그만하면 잘 관리하고 있다고 생각했다. 무거운 걸 든 것도 아니고, 그저 밥을 먹고 일어났을 뿐인데 이런 일이 생기다니…….

침 한 번 맞아본 적 없는 내가 한방병원에 도착한 건 오후 1시 30분경. 원무과 수속을 밟았다. 진료는 2시부터 시작된다고 했다. 의자 끄트머리에 궁둥이만 겨우 붙이고 앉은 채로 하얗게 질려 있었다. 원무과 직원이 물을 한 잔 가져다주면서 "조금만 참으세요."라며 위로해줬다. 2시 정각이 되자 원무과 맞은편 1차 진료실에서 호출했다. 증상을 대략 말했다. 이어서 의료진을 배정받았다.

나를 담당하게 된 원장님의 결정에 따라 엑스레이와 MRI 촬영을 했다. 그 결과 '신경뿌리병증을 동반한 요추 및 기타 추간판장애' 진단을 받았다. 요추 4번과 5번 사이, 5번과 꼬리뼈 1번 사이 디스크가 각각 튀어나온 상태였다. 4번과 5번 사이 디스크의 '탈출' 정도가 더 심각했다. 택시를 잡고 집에 갈 엄두가 나지 않을 정도로 통증은 심해졌다. 입원하기로 했다. 병원에서는 보행기 없이는 다닐 수 없을 정도로 움직이기가 힘들었다.

이후 금요일(3월 24일)까지 나는 8층 병실 침상에서 하루 세 차례에 걸쳐 약침, 봉침, 전기침 시술을 받았고, 식후 30분 뒤에는 한약과 환약을 먹었다. 염증을 제거하고 신경 재생에 도움이 된다고 했다. 토요일은 아침과 점심 이후, 일요일은 점심 이후 침 치료를 받았다. 입원 둘째 주부터는 오전에 1층 외래에 내려가 침을 맞은 후 2층에서 물리치료도 받았다. 오후 침 치료는 예전처럼 침상에서 받았다.

침은 많이 아프지 않았다. 누가 침을 놓는지에 따라 통증의 강도가 달라지긴 했다. 하지만 참을 만하다. 약침과 봉침은 뻐근한 느낌이 20~30초 지속된다. 전기침은 조금씩 따끔할 뿐이다. 환약과 탕약은 모두 쓰다. 하지만 먹지 못할 정도는 아니었다. 입원 3일째부터 변이 좀 묽어졌다. '생약 성분'이라서 그렇다고 한다. 물리치료(전기치료, 자기장치료)는 받고 나면 매우 개운했다.

나는 침술과 한의학에 무지했다. 신뢰하지 않았다고 해도 무방하다. 만약 갑자기 허리에 견딜 수 없는 통증이 발생하지 않았다면, 통증을 조금만 더 견딜 수 있었다면 한방병원을 찾지 않았을지도 모른다. 너무 아파 당장 치료를 받을 수 있는 곳이 필요했고, 가장 가까운 곳에 한방병원이 있었기에 다짜고짜 간 것이다. 그만큼 절박했다.

그런데 지금은 한방의 효능을 믿는다. 그 효과를 직접 체감했는데 어찌 신뢰하지 않을 수 있을까. '많이 좋아졌다'는 걸 느끼기 시작한 건 입원 3일째부터였다. 침대에서 몸을 돌려 누울 때 통증이 그렇게 느껴지지 않았다. 앉고 일어설 때도 요추에서 느껴지던 압력이 많이 줄어들었다.

입원 5일째 되던 날부터는 '보행기' 없이 천천히 걸을 수 있게 되었다. 2주일이 지나자 오래 앉아 있는 게 힘들긴 하지만, 앉고 서고 걷고 눕는 게 많이 자연스러워졌다. 일주일이 더 지나면서 완전치는 않지만 출근해 책상에 앉아 일할 수 있을 정도로 회복되었다.

참 다행이라고 생각한다. 사전 정보 없이 찾은 병원에서 원장님과 같은 분의 진료를 받게 된 것은 행운이었다. 내가 다시 걸어 다닐 수 있게 된 것은 그분의 침술 덕분이라고 생각한다. 원장님은 의술도 뛰어나지만 마음도 아주 따뜻한 분이다. 정말 환자를 정성을 다해 치료한다. 원장님은 내가 놀라지 않도록 조심하며 최선을 다해 나의 상태를 알기 쉽게 설명했다.

또한 내 말에 귀 기울였다. 입원해 있을 때 토요일이 아들의 생일이니 이날에 맞춰 퇴원하고 싶다는 말을 한 적이 있는데, 최 원장은 내가 퇴원하던 날(4월 1일) "아들 생일을 축하할 수 있게 되어 다행입니다."라고 말했다. 환자가 한 사소한 말까지 기억하고 세심하게 챙겨주는 모습이 인상적이었다.

병동 내에서 나를 담당했던 주치의도 감사한 분이다. 항상 차분하고 편안한 모습이어서 환자도 덩달아 평안함을 느낄 정도이다. 침을 다 놓고 난 후엔 "어디 불편한 곳이 없으셨나요?"라고 물어보았다. 전기침의 강도는 최저점에서부터 올렸다. 환자가 놀라지 않게 하기 위한 배려인 듯했다. 문진하러 침상에 들었다가 내가 자고 있으면 깨우지 않고 나중에 다시 찾아오는 수고를 아끼지 않았다. 무엇보다 이분은 손이 따뜻하다. 침을 놓을 때 따스함이 허리에서 느껴졌다. 한의사라는 직업을 잘 선택한 분인 듯하다.

이번 일을 겪으며 나는 일상생활의 감사함을 느꼈다. 걷는다는 게 이렇게 소중한 일인 줄 몰랐다. 이젠 '나에게 왜 이런 일이 생겼을까'라는 식의 한탄은 하지 않는다. 그간 열심히 운동했으니 회복도 빠른 것이라고 긍정적으로 생각하기로 했다. 앞으로는 매사에 좀 더 조심하고, 업무 스트레스를 잘 관리하며, 보다 열심히 운동할 것을 다짐한다.

어느 날 갑자기 찾아온 안면신경마비, 한방이 답인가?

- 안가을(30대 초반, 여, 안면신경마비)

7월 8일 월요일 아침, 여느 때와 같이 잠자리에서 일어났는데, 혀 감각이 이상했다. 께름칙했지만 출근하기 바빠 서둘러 차에 탔다. 평소처럼 운전하는데 이번에는 눈꺼풀이 파르르 떨렸다. 예전에도 피곤하면 눈꺼풀이 떨린 적이 있지만 그날은 정도가 좀 심했다. 너무 떨려 운전하는 중간중간 손가락으로 여러 번 눈꺼풀을 잡았다 놓았다.

눈 떨림의 강도가 다른 날에 비해 조금 셌지만, 당연히 마그네슘 부족 때문이라 생각했다. 점심시간이 되었는데 눈 떨림이 점점 심해져 광대뼈 쪽으로 내려왔다. 그 또한 마그

네슘 부족 때문이라 여기고 하루를 보냈다.

저녁때가 되니 새로운 증상이 추가되었다. 귀 뒤쪽에서 통증이 느껴져 핸드폰으로 증상을 검색해봤더니 '안면신경마비(구안와사)' 혹은 '뇌졸중 전조 증상'으로 나왔다. 너무 무서워 아닐 거라 생각하며 애써 회피했다. 불안한 마음을 달래며 저녁을 먹은 후 거울을 보며 양치를 하다가 혀를 닦는데 혀의 오른쪽 감각이 이상했다. 왼쪽 혀는 평소 감각이 그대로 느껴졌지만, 오른쪽 혀의 감각은 방금 치과에서 마취를 한 것처럼 간질간질한 느낌이었다.

혀의 상태를 보기 위해 계속 거울을 보고 있는데 아래 입술이 찌그러져 아랫니가 반밖에 보이지 않는다는 걸 인지하게 되었다. 피부 감각은 정상이었으나 볼이 점점 무거운 느낌이 드는 게 치과에서 마취한 느낌과 정말 비슷했다. 그래서 '아, 지금 어딘가에 문제가 있구나'라는 생각에 바로 집 근처 대학병원 응급실을 찾았다.

❀ 왜 찬 데서 자지도 않았는데 안면신경마비에 걸렸을까

응급실에서 MRI 촬영을 하고 간단하게 진료를 받았다.

다행히 뇌에는 이상이 없다는 소견을 받았다. 나를 놀라게 한 진단은 '안면신경마비'. 당장 생명을 위협하는 질병은 아닌지라 대학병원 신경외과 진료 예약을 잡고 응급실에서 나왔다.

그런데 다음 날 얼굴이 더 무거워지고 전날보다 더 삐뚤어진 것이 보였다. 시간이 흐르면서 얼굴의 무거움은 더해졌고 오른쪽 얼굴은 점점 마비돼 움직여지지가 않았다. 양치하고 입을 헹굴 때나 물을 마실 때 입 밖으로 점점 물이 새 나오고, 샤워를 할 때는 눈이 감기지 않아 비눗물이 눈에 다 들어갔다. 그러니 샤워를 마치고 나면 매번 눈이 벌겋게 충혈되어 있었다.

날이 지날수록 얼굴은 점점 이상하게 변해 병원 예약한 날까지 도저히 기다릴 수 없는 상황이 되었다. 지인들도 안면신경마비는 양방보다는 한방이 좋다며 한의원을 추천했다. 그래서 어머니가 지인들에게 수소문해 집 근처에 있는 한방병원을 알려주어 방문하게 되었다.

안면신경마비는 찬 곳에서 자면 생기는 병으로 흔히 알려져 있다. 그런데 나는 찬 데서 잔 적이 없는데 대체 왜 안면신경마비에 걸린 걸까? 너무 속상했다. 혼란스러워하는 나에게 원장님은 친절하게 설명해주었다.

"면역력이 떨어진 상태에서 과로가 누적돼 발병했을 확률이 높습니다."

면역력이 강할 때는 외부에서 바이러스가 침투해도 괜찮은데, 면역력이 약해진 상태에서는 바이러스나 나쁜 균이 활성화돼 병이 나는 것이라는 설명이다. 원장님은 입원치료를 권했다. 안면에 마비가 온 것이라 일상생활이 불가능해 입원할 수밖에 없었다. 밥을 먹을 때 음식물을 흘리는 것은 물론이고, 눈이 감기지 않아 계속 눈물을 흘렸다. 심지어 활짝 웃어도 얼굴이 한쪽으로만 움직이다 보니 마치 비웃는 듯한 표정으로 보여 보기도 안 좋고, 오해를 받기도 쉬웠다.

"입원을 하더라도 안면신경마비는 기본 6일에서 보름까지 진행이 되는 병이기 때문에 점점 더 얼굴이 굳을 겁니다. 일단 진행이 멈추는 것을 기다려야 합니다."

앞으로 더 증상이 심해질 것이라고 하니 덜컥 겁이 났지만 원장님의 따뜻한 말에 용기를 얻고 곧바로 입원했다. 한방병원을 찾은 것이 7월 10일 수요일이었는데 그날 바로 입원해 약침 치료, 침 치료, 추나치료, 물리치료를 받았다.

그런데도 얼굴은 계속 점점 더 굳어져 갔다. 약침과 침 치료를 할 때는 감각이 없었으며 추나치료는 얼굴을 살짝만 눌러도 너무 아팠다. 아마 원장님이 보름까지는 병이 더 진행될 수 있다는 이야기를 먼저 해주지 않았더라면 많이 놀라고 속상했을 것이다.

약 일주일 동안 집중치료를 받았더니 다행히 진행이 멈추었다. 7월 15일, 아니면 7월 16일쯤이니 치료를 시작한 지 채 일주일이 안 되었던 것 같다. 지인들의 염려와는 달리 정말 다행히도 일주일 만에 진행이 멈춘 것이다.

이후에도 꾸준히 오전과 오후에 각각 약침과 침 치료, 추나치료, 물리치료를 받았다. 치료를 받을 때는 별다른 통증을 못 느꼈으나, 저녁이 되면 신기하게도 시간이 지남에 따라 안면 근육이 점점 풀리는 느낌이 확연하게 느껴졌다. 호전이 될수록 신경이 돌아와 치료를 받을 때 통증이 느껴졌지만 낫고 있다는 생각에 아픈 것조차 반가웠다.

❋ 안면신경마비는 한방이 답이다

한방병원에서 받았던 모든 치료가 다 좋았지만 개인적으로는 약침 치료와 추나치료가 가장 큰 도움이 됐다고 생각한다. 하루가 다르게 몸이 변화하는 게 느껴지고, 얼굴이 돌아오는 것을 눈으로 확인할 수 있었기 때문이다.

처음 대학병원 응급실에 갔을 때 진료를 기다리는 동안 사람들이 한목소리로 한방병원에 가지 말라고 이야기했다. 하지만 한방치료를 받고 보니 안면신경마비는 한방치료가 정답이라는 것, 그리고 처음에 증상이 있을 경우 빠르게 한방병원을 방문하는 것이 좋다는 것을 몸소 느끼고 확인했다.

입원치료를 받으면서 내가 빠르게 호전할 수 있었던 데는 병원 시스템이 큰 역할을 했다. 물론 환자 상태에 맞는 치료를 집중적으로 한 것도 매우 도움이 되었지만 병원 시스템이 너무 좋았다. 3주 가까이 입원하면서 인상 한 번 쓸 일이 없을 정도로 병원 시설은 쾌적하고 병원에서 일하는 분들 모두가 너무 친절했다. 의사 선생님들과 간호사 선생님들은 기본이고, 청소하는 분들, 배식해주는 분들 등 병원에서 뵌 모든 분들이 매우 친절했다.

마음이 편하면 병도 빨리 낫는 것 같다. 병원 관계자 모두가 친절한 분위기에서 맞춤 치료를 집중적으로 받으니 호전이 빨랐다. 보통 안면신경마비를 치료하는 데 평균 6주가 걸린다고 들었는데, 3주 만에 완치하여 퇴원할 수 있었다.

안면신경마비 진행이 빨라 대형병원 예약일까지 기다리지 못하고 한방병원을 찾은 것은 행운이다. 지금 다시 생각해 봐도 그때 양방병원에 가지 않고 한방병원을 택한 것이 신의 한 수였고, 너무 다행스러운 일이다.

이렇게
젊은 원장님을 믿고
치료받아도 될까?

- 정진순(50대 후반, 여, 턱관절 통증 / 다리 저림)

　　　　　　　30대 초반에 한의사 자격증도

없는 사람에게 약을 처방받아 먹고 20여 년 동안 후유증으
로 고생했다. 면허도 없이 침도 놓고 부황도 뜨는 등 간단한
시술까지 함께 하는 분이었는데, 돈 좀 아끼려는 욕심에 덜
컥 처방을 받았다가 크게 곤욕을 치렀다.

　약을 먹고 얼마 채 지나지 않아 턱이 빠질 것처럼 아프
고, 다리가 저리고, 온몸이 아프기 시작했다. 머리카락도 빠
지고, 심장이 심하게 뛰고, 입에서 피까지 토해 '이러다 죽는
게 아닌가' 무섭기까지 했다.

　망가진 몸을 치료해보려고 유명하다는 한의원은 다 다녔

다. 하지만 한 번 크게 망가진 몸은 쉽게 회복되지 않았다. 한의원을 다니던 중 무면허로 약을 처방해준 그 사람이 부자(附子)를 비롯해 위험한 한약을 너무 많이 쓴 것 같다는 얘기를 들었다. 부자는 독성이 있어 조심해서 꼭 필요한 만큼만 처방해야 한다는데, 너무 과하게 써서 심장이 뛰고 온몸이 아픈 부작용이 생겼을 것이란 추측이었다.

돈 좀 아끼겠다고 한의사도 아닌 사람에게 처방받은 나도 잘못이지만, 그 사람이 너무 미웠다. 나는 그 이후로 몸이 너무 아파 50대가 될 때까지 수십 년을 고통 속에 살았다.

좋다는 한의원을 찾아다니면서 돈도 많이 날리고, 집까지 잃었다. 그렇게 많은 돈을 써가며 망가진 몸을 고치려고 노력했는데도 몸 상태는 크게 호전되지 않았다. 특히 턱은 계속 아프고, 나중에는 눈꺼풀이 처지면서 얼굴이 변형될 조짐이 보였다. 보다 못한 남동생이 말했다.

"누나, 내가 허리디스크 때문에 다녔던 한방병원이 있는데 괜찮더라. 거기 한번 가보면 어떨까?"

아프면 지푸라기라도 잡고 싶은 마음이 생긴다. 또 그 병원의 신준식 선생님에 대한 이야기는 이미 많이 들었던 터라 가보고 싶었다. 하지만 이미 치료비로 너무 많은 돈을 써서 생활비도 없을 정도로 너무 힘든 상황이었기 때문에 선뜻 결정하기가 어려웠다. 또한 동생처럼 허리디스크가 아니라는 것도 마음에 걸렸다.

한 1년은 고민했던 것 같다. 돈도 없는데 무리하게 돈을 더 써야 한다는 생각이 나를 움츠리게 했고, 어떻게든 그냥 견뎌보려 했다.

하지만 턱관절이 심하게 아파오고 다리가 저리고 오른쪽 눈이 처지기 시작하면서 눈이 짝짝이로 변해 '이건 아니다' 싶어 동생이 권한 한방병원을 찾게 되었다.

한방병원의 첫인상은 내 예상과는 달랐다. 그동안 수없이 많은 한의원을 다니면서 만난 한의사들은 50~60대가 대부분이었다. 그런데 나를 진료하는 원장님은 너무 젊었다. 인물도 너무 좋아 연예인을 보는 기분이었다.

"웬 원장님이 이렇게 젊고 잘생겼지? 괜찮을까……?"

솔직히 한의사는 좀 나이가 있어야 경험이 많아 치료를 잘한다는 편견이 있었다. 그래서 왠지 믿음이 잘 가지 않는데, 내 예상은 완전히 빗나갔다. 치료를 받을수록 머리가 맑아지고 마음이 편해지고, 처진 눈꺼풀이 돌아오고 턱 통증도 줄어들었다. 나에게 작은 기적이 일어난 것이다.

한방병원을 다니면서 나는 오랫동안 잊고 있었던 행복을 찾았다. 20여 년 동안 늘 우울한 생각에 젖어 힘들고 괴로운 몸을 이끌고 다녔는데, 한방병원에서 치료를 받고 난 후부터는 몸과 마음이 편해졌다. 잔잔한 호숫가에 편안하게 앉아서 쉬는 듯한 느낌이었다.

지금 생각하면 단지 젊다는 이유만으로 원장님을 의심했던 게 죄송할 따름이다. 좋은 의사는 치료도 잘하지만 환자의 작은 아픔도 신경 써주고 성심을 보여준다고 생각한다. 나를 치료했던 젊은 원장님이 그랬다. 나의 작은 아픔도 놓치지 않고 치료해주는 세심함에 깊은 감동을 받았다.

비록 한방병원에 오기 전, 유명한 한의원을 전전했음에도 크게 몸이 좋아지지 않았지만 나는 한방치료가 너무 좋다. 한방에서는 배가 아프다고 하면 왜 배가 아픈지 원인들을 파악하고, 그에 맞는 치료를 해주기 때문이다.

다만 한 가지 바람이 있다면 나처럼 돈이 없는 사람들도 좀 더 편하게 한방치료를 받을 수 있었으면 좋겠다. 양방처럼 의료보험 혜택을 받을 수 있다면 이 좋은 한방치료를 더 많은 사람들이 받을 수 있을 텐데……. 하루라도 빨리 그런 날이 오기를 기대해본다.

오롯이
나만을 위한
맞춤치료에 반하다

– 김양애(50대 초반, 여, 오십견)

　　　　　　　　　　30여 년을 치열하게
교직에 몸담고 학생들을 가르쳤다. 그 보상으로 2018년 1년
을 '학습연구년'으로 보낼 수 있는 선물을 받았다. 정신없이
바쁜 나날을 뒤로하고 이제 좀 천천히, 느리게 사는 행복을
느껴볼 수 있다고 생각하니 마음이 설렜다.

　　하지만 긴장이 풀려서일까? 오십견이 슬그머니 고개를
들더니 행복의 마디마디에서 옥에 티처럼 행복을 방해하고,
나의 일상을 엉망으로 만들어버렸다. 밤에는 어깨통증 때문
에 편안히 잠을 잘 수도 없었다. 이리저리 뒤척여도 어느 쪽
도 편치 않고, 손끝이 저릴 정도로 오른팔 전체가 마비되는

느낌이었다.

오십견에 점령당한 오른쪽 어깨는 마치 불이 붙은 것처럼 화끈거리고 아팠다. 당연히 어깨를 움직이기가 힘들어져 옷을 입거나 안전벨트를 매는 등의 일상적인 동작마저 편하게 할 수가 없었다. 옷 뒤에 있는 지퍼를 채우는 건 언감생심이었다.

무엇보다 이 지경이 될 때까지 내 몸에 무심해 혹사시켰다는 자괴감이 나를 우울하게 했다. 지금부터라도 내 몸에 관심을 갖고 아껴주자고 다짐하며 적극적으로 치료를 받기 시작했다. 지인들의 추천을 받아 어깨를 잘 치료한다는 병원은 양방, 한방 가리지 않고 다녔다.

제일 처음에는 울산에서 유명한 한 통증의학과를 다녔다. 한 달 반 정도 다녔는데 호전이 없어 추나요법과 도수치료를 주로 하는 한의원을 추천받아 한 달 동안 치료를 받았다. 한의원을 다니면서 요가를 비롯한 운동도 꾸준히 하자 밤마다 나를 괴롭히던 통증은 많이 가라앉았다.

통증으로 잠을 못 잘 때는 잠만 잘 자도 행복할 거라 생각했다. 하지만 팔뚝에 덩어리처럼 근육이 뭉쳐진 느낌은 여전했고, 조금만 책상 앞에 앉아 있으면 또다시 어깨가 결리고 아파 늘 외줄을 타듯 조심조심하며 살아야 했다.

처음보다는 많이 나아졌지만 끊임없이 일상을 방해하는 어깨통증을 방치할 수 없다는 생각에 또 수소문하여 침을 잘 놓는다는 한의원을 찾았다. 잔뜩 기대를 하고 갔건만 그 한의원 원장님은 단 1분의 대화도 없이 침만 놓고 가버렸다. '뭐지?' 싶었지만 그래도 '뭔가 다르겠지'라는 미련에 한 번 더 치료를 받았다. 하지만 역시 똑같이 침만 놓고 가는 치료에 절망감이 느껴졌다.

유명하다고 소개받은 병원이나 한의원에서 이렇다 할 효과를 보지 못한 나는 결심했다. 이젠 누구의 소개도 아닌, 내 스스로 내게 맞는 병원을 찾겠다고. 그때부터 인터넷을 뒤지면서 폭풍 검색을 시작했다. 그간의 병원 경험을 바탕으로 어떤 병원의 어떤 치료가 제일 나에게 맞을지에 초점을 맞춰 조사하다 내 눈에 들어온 병원이 바로 'ㅈ한방병원'이다. 특히 침을 놓은 상태에서 여러 방향으로 움직여주는 동영상이라든지 신바로약침 등에 대한 내용을 검색해서 살펴보니 당장이라도 가보고 싶은 마음이 들 정도로 획기적인 치료로 느껴졌다.

곧바로 예약하고 내원했다. 원장님은 지금껏 보았던 다

른 한의원 원장님과는 사뭇 달랐다. 그동안의 오랜 아픔과 치료의 역사를 세심히 들어 주셨다. 그렇게 내 말에 귀를 기울여주는 것만으로도 마음이 편안해졌다.

치료는 일반침과 신바로약침 치료 5회, 체외충격파 치료 4회를 받았다. 신바로약침은 근골격계 질환을 치료하는 데 아주 효과적인 신바로메틴이라는 성분과 관절염에 좋은 천수근이라는 성분이 포함된 약물을 약침의 형태로 만들어 혈자리에 주입하는 치료법이라고 했다. 체외충격파 치료는 굳은 어깨 근육을 풀어주는 치료인데, 나에겐 아주 잘 맞았다.

일반침과 신바로약침을 맞으면서 체외충격파 치료를 3번 받았을 때 내 팔뚝에 작지만 고집스레 버티고 있던 얼음덩어리가 스르르 녹은 느낌이었다. 어깨를 움직일 수 있는 회전 반경도 넓어졌고, 두 손을 깍지 끼고 뒤로 돌려 가슴 높이까지 올릴 수 있게 되었다. 치료 전에는 아프지 않은 왼손의 도움을 받아도 1센티미터도 올리기 버거웠다.

끝날 것 같지 않았던 어깨통증에 대한 두려움은 내가 직접 찾아낸 한방병원에서 치료를 받으면서 '아, 이젠 되겠구나!'라는 확신으로 바뀌었다. 어깨가 좋아질수록 이미 충분히 내 마음을 사로잡았던 친절한 원장님과 간호사님이 더 좋아지고, 심지어 주차를 도와주는 아저씨까지도 고마웠다. 아내가 좋으면 처갓집 말뚝에도 절을 한다더니 내가 바로 그 격이다.

"쭉쭉쭉, 하나, 둘, 셋, 둘, 둘, 셋……, 들어갑니다, 쪼금 따끔합니다."

"여기 아픕니까?"

"네~ 좋습니다."

침을 놓을 때마다 들리는 원장님의 추임새는 진료실 밖에 수없이 기다리는 환자는 아랑곳하지 않고 적어도 그 순간만큼은 오롯이 나의 치료를 위해 집중한다는 느낌을 주어서 더욱 좋았다.

한의원이라도 다 같지 않다는 걸 어깨를 치료하면서 뼈저리게 실감했다. 치료 방법도 일반 한의원보다 선진적이지만 환자의 불안한 마음을 헤아리고 살펴주는 세심함이 한방병원을 무한정 신뢰할 수 있게 해준 것 같다.

● "걱정은
의사가 하라고 할 때만
하는 거예요"

- 금미경(30대 초반, 여, 허리디스크)

아침 공기가 차가워진 9월
의 어느 날 아침. 그날도 여느 날 아침처럼 분주하게 5살 딸
아이의 등원 준비가 한창이었다. 이제 막 10개월 된 둘째아
이를 업은 채로 옷장에 있는 카디건을 꺼내려 허리를 숙임
과 동시에 허리에 번개를 맞은 듯한 통증이 '퍽' 하고 왔다.
순간 나는 허리를 더 이상 숙이지도, 펴지도 못하고 벽을 짚
은 채로 한동안 서 있어야만 했다.

지인에게 딸아이 등원을 부탁하고 둘째아이를 업은 채로
침대에 어정쩡하게 누워 통증이 가라앉기를 기다렸지만 시
간이 지나도 통증은 여전했다. 남편은 어쩔 줄 몰라 하는 나

를 차에 태우고 집에서 가까운 한방병원에 데리고 갔다. 불과 집에서 병원까지 차로 15분 거리였는데, 흔들리는 차를 타고 이동하는 동안 허리에 계속 충격이 가해지면서 병원에 도착했을 때는 통증이 극에 달했다. 주차장에서 병원 입구까지 도저히 걸어갈 수가 없을 정도였다. 한 발자국도 내딛지 못한 채 어쩔 줄 몰라 하는 나를 보고 병원 관계자 중 한 분이 얼른 휠체어를 가져다주어 진료실까지 안전하게 갈 수 있었다.

그렇게 정신없지만 평온했던 나의 일상은 하루아침에 완전히 무너졌다. 내 상태를 꼼꼼히 살펴본 원장님은 통원치료가 힘들다고 판단해 입원을 권했다. 달리 도리가 없었다. 아이들을 시댁에 맡기고 그날로 짧고도 긴 입원생활이 시작되었다.

어느 날 갑자기 사고처럼 허리통증이 찾아온 첫날은 정말 지옥 같았다. 보행이 불가능한 것은 말할 것도 없고, 화장실을 가고 옷을 갈아입는 것도 안 되고, 누워서 자세를 바꾸는 것조차 불가능했다. 움직이는 것은 둘째치고, 가만히 누워만 있어도 통증이 심해 눈물이 절로 났다.

움직일 수가 없으니 입원하고 이틀 동안은 원장님이 직

접 병실에 와서 하루에 두 번씩 침 치료를 해주셨다. 가장 기본적인 침 치료만 했을 뿐인데도 상태가 호전되기 시작했다. 내 스스로 통증이 줄어들었음을 느끼면서 얼마나 놀랐는지 모른다. 입원 첫날은 누워만 지냈고 밤에는 허리통증으로 잘 수가 없어서 진통제를 맞을 정도였는데, 둘째 날에는 5분 정도 앉아서 밥을 먹고 간호사 선생님의 도움을 받아 화장실에 갈 수 있을 정도로 좋아졌다.

셋째 날에는 보행기를 붙잡고 혼자서 걷는 것이 가능해졌다. 덕분에 MRI 검사도 받고 진료실로 가서 추나치료와 침 치료도 받을 수 있게 되었다. 넷째 날에는 10분 정도 앉아서 밥을 먹는 것이 가능해졌고 주변 사람들의 도움 없이 식판도 식판 이동대에 가져다놓을 정도로 좋아졌다. 혼자서 옷도 갈아입을 수 있었고, 무엇보다 극심한 통증이 가라앉아 더 이상 진통제가 필요 없었다. 입원 일주일쯤 되었을 때는 보행기 없이 혼자 걷고, 혼자 샤워를 할 수 있을 정도로 많이 호전되었다.

입원할 당시만 해도 '다시 예전처럼 걸을 수 있을까? 활동할 수 있을까? 심지어 병실에 같이 지내는 언니들만큼이라도 회복될 수 있을까?'라는 걱정이 태산이었다. 걱정과 더

불어 불안감도 커서 하루 종일 안절부절못할 때가 많았다. 그때마다 원장님의 한 마디가 큰 힘이 되었다.

"걱정하지 마세요. 걱정은 의사가 하라고 할 때만 하는 겁니다."

사실 걱정한다고 허리가 더 빨리 나을 수 있는 것이 아님을 알면서도 걱정을 내려놓기가 쉽지 않았다. 한창 엄마의 손길이 필요한 어린 두 아이가 제일 큰 걱정이었다. 병원에 오래 입원하기 어려운 상황이었고, 주변에서도 한방병원보다는 시간과 비용이 적게 드는 시술이나 수술을 많이 권했다.

하지만 원장님에 대한 신뢰가 컸고, 한방병원에서 허리 통증의 원인을 근본적으로 치료하고 싶었다. 두 번 다시 끔찍한 허리통증을 겪고 싶지 않았기에 원인 치료와 함께 허리의 힘을 길러주어 사후관리까지 해주는 한방병원에서 계속 치료받기로 했다.

지금 생각해도 정말 잘한 선택이다. 병원에 입원해 있는 5주 동안 병원 의료진은 매일매일 꼼꼼하게 내 몸 상태를 체크하고 관리해주었다. 또 원장님은 물론 간호사 선생님들 모두 어찌나 친절한지 입원해 있는 동안 마치 내 집처럼 마음 편히 지낼 수 있었다.

5주면 짧다면 짧고, 길다면 긴 시간일 수 있다. 입원한 지 5주 만에 퇴원했는데, 이후 이 글을 쓰는 지금까지 예전처럼 평온한 일상을 살고 있다. 허리를 다쳐 꼼짝도 할 수 없을 정도로 아팠을 때는 '내가 예전처럼 정상적으로 일상을 살 수 있을까?' 자신이 없었다. 그런데 오히려 허리를 다치기 전보다 더 건강하게 평범한 일상을 살 수 있으니 고마울 뿐이다.

한 번
경험하면
모두가 팬이 된다

- 김수미(30대 중반, 여, 목디스크)

　　　　　　　　여느 하루와 다름없던 아침이었다.
아침 햇살에 눈뜨고 칭얼거리는 둘째의 분유를 타서 먹이
기 전까지는 말이다. 분유를 데워 둘째 아이 곁에 눕는 순간
'악!' 외마디 비명과 함께 쓰러지며 나의 일상은 유리처럼 깨
져버렸다.

　목을 중심으로 어깨, 등까지 타고 오는 극렬한 통증에 숨
이 막혔다. 숨을 들이마실 때마다 폐 속까지 찌르는 고통에
눈물만 나왔다. 출근 준비하던 신랑은 예사롭지 않은 내 상
태를 보고 당장 병원에 가자고 했다.

　그때까지만 해도 목에 담이 심하게 왔다고만 여겼다. 금

방 나을 것이라 스스로를 달래며 아이들을 친정 부모님께 맡기고 한방병원으로 갔다. 차에 타서 병원으로 가는 길에 구토를 했다. 차가 커브길만 들어서도 비명을 지를 정도로 아팠다. 그럼에도 '한방병원에 가면 낫겠지. 분명 나을 거야' 생각하며 견뎠다.

진료실에 들어서자 원장님은 내 상태를 진료하더니 목디스크 파열이 확실하다고 말씀하셨다. 평소와는 다른 고통에 놀라기는 했지만 담이 심한 것이라 여겼는데 목디스크 파열이라니……. 정말 청천벽력과도 같은 진단이었다.

갑작스레 입원이 결정되고 MRI 검사를 했다. 진단 결과는 목디스크 5~6번, 6~7번 파열. 바로 목디스크 파열 치료를 받기 시작했다. 거동이 힘든 내가 진료를 받을 수 있도록 간호사는 손수 침 치료를 위한 옷으로 갈아입는 것을 도와주며 불편한 점이 있는지 체크해주었다. 주치의인 원장님도 약침 치료에 앞서 충분한 설명을 해주며 불안해하는 나를 진정시켜 주었다. 치료가 끝나고 입원실에 올라가자 입원실 간호사 선생님들도 따스한 목소리로 나를 맞아주었다. 그분들의 섬세한 보살핌 덕분에 나는 불안함을 떨치고 조금씩 안정될 수 있었다.

고통으로 지샌 첫날 밤이 지나고 본격적으로 치료가 시작되었다. 침 치료 2회, 약찜, 물리치료 외에는 절대 안정을 취하라는 원장선생님 말씀대로 침상에 누워 쉬었다. 3일째 되자 눕고 앉고 일어서는 동작을 혼자서 쉽게 할 수 있을 만큼 통증이 줄어들었다. 그러자 예전과 같은 생활이 힘들 거란 두려움이 점차 사라졌다.

7일째 되는 날, 누웠다 앉을 때의 통증이 거의 사라졌다. 거동이 쉬워지자 원장님은 도수치료를 처방해주었다. 첫날 통증이 생생한지라 도수치료 받기가 겁이 났다. 그런 나를 도수치료 선생님은 조심스레 치료해주었다. 도수치료 후 머리에서 어깨 견갑골 안쪽에 이르는 통증이 풀리는 경험에 깜짝 놀랐다.

3주차가 되자 '오전 침 치료, 추나치료 – 도수치료 – 물리치료 – 약찜치료 – 오후 침 치료, 추나치료' 순으로 치료를 받았다. 이 치료 일정을 끝내고 가벼운 산보가 가능할 만큼 회복되었다. 10분, 20분, 30분, 40분으로 걸을 수 있는 시간도 늘어났다. 고개도 자연스레 숙이고 돌릴 수 있었다. 고개를 숙여 내 발끝을 다시 보았던 순간의 기쁨은 아직도 생생하다.

4주차에 접어들면서 상태는 더 눈에 띄게 호전되었다. 목디스크가 파열된 첫날에는 극심한 통증에 토하고 머리가 핑핑 돌아 너무 힘들었는데, 4주차에는 가벼운 스트레칭을 하고 아이들과 눈을 맞추며 대화할 수 있을 정도로 좋아졌다. 고개를 숙여 30분 넘게 이 후기를 써도 괜찮을 만큼 목디스크가 호전되었다.

한 달여 만에 급성 목디스크 파열을 치료하고 회복할 수 있었던 것은 한방병원의 체계적인 시스템 덕분이라고 생각한다. 만약 내가 다른 양방병원(척추병원을 비롯한 신경외과)에 갔다면 곧장 수술대에 올라갔을지도 모른다. 그런데 한방병원에서는 수술 대신 보존치료에 주안점을 두고 환자 스스로 회복할 수 있는 힘을 길러주는 치료를 해주었다.

덕분에 나는 한 사람의 아내, 두 아이의 엄마, 딸, 며느리로 다시 돌아갈 수 있었다. 소중한 일상으로 복귀할 수 있게 도와준 'ㅈ한방병원'은 정말 고마운 은인이다. 이후 나는 그 누구보다 열렬한 한방병원 팬이 되었다. 허리나 목디스크로 고민하는 지인이 있다면 주저 없이 이렇게 말할 것이다.

"ㅈ한방병원 꼭 가봐!"

빠른
회복 속에
숨어 있는 비밀

- 이순기(60대 중반, 여, 허리디스크)

지난해 가을부터
목이 뻐근하고 허리가 아프고 다리가 당기는 느낌이 들었
다. 남편과 함께 자그마한 가게를 운영하면서 일을 많이 해
서 그러려니 했다. 다행히 증상이 심하지 않아 평소보다 좀
더 아플 때마다 동네 정형외과와 한의원에서 물리치료를 받
거나 침을 맞으면서 그럭저럭 가게 일과 집안일을 병행할
수 있었다.

몸이 보내는 신호를 무시한 대가는 혹독했다. 그해 겨울
11월이었다. 그날도 버스를 타고 가게에 가는 중이었는데,
홍은동 기업은행 앞 도로공사로 도로가 울퉁불퉁해서인지

버스가 심하게 흔들렸다. 그 충격이 가뜩이나 아팠던 허리를 자극했는지 도저히 참지 못할 극심한 통증이 왔다. 결국 난 버스에서 내려 도로에 누워야만 했다. 그길로 바로 들것에 실려 ㅈ한방병원에 입원하게 되었다.

한방병원에서 MRI 검사를 한 결과 3개의 허리디스크가 터지고 뼈가 돌출된 데다가 목디스크 소견까지 있는 것으로 나타났다. 입원할 당시에는 거의 거동을 할 수 없어 누워서 대소변을 받아내는 처참한 상황이었다. 너무 당혹스럽고 서러워 눈물이 절로 났다.

병원에서 일주일 정도 침 치료와 추나치료, 도수치료를 받으며 한약을 복용했다. 다행히 일주일이 지나면서부터 비록 지지대에 의존해야 했지만 화장실과 복도를 걸을 수 있게 되었다. 15일이 지난 후부터는 지지대 없이 혼자서 걷기 시작했다. 입원치료를 시작한 지 25일이 지난 후에는 퇴원하여 일상생활로 복귀할 수 있었다.

거동도 못하던 사람이 걸어서 퇴원하는 모습을 보고 병실의 다른 환자들이 깜짝 놀랐다. 원장님도 나의 빠른 회복 속도에 감탄했다. 60세가 넘은 환자들 중 나처럼 회복이 빠른 환자는 드물었던 모양이다.

"발끝으로 오는 통증은 시간이 조금 걸려야 없어질 거예요."

퇴원을 하는 나에게 원장님은 당부했다. 원장님 말대로 통증은 거의 없지만 발끝에 남아 있는 통증은 좀 오래갔다. 한약을 먹고 많이 좋아지긴 했지만 한약을 끊은 후에도 가끔씩 병원에 들러서 침을 맞고 관리하는 중이다.

같은 치료를 해도 사람마다 반응 속도가 다르다고 한다. 그런 점에서 나는 행운아다. 나 또한 다른 디스크 환자들처럼 수술을 받지 않고 추나요법, 도수치료, 침, 한약 등의 한방치료만 받았다. 그럼에도 빠른 시일 내에 일상생활로 돌아올 정도로 회복되었다. 치료 자체도 좋았지만 원장님의 친절한 설명이나 치료를 전적으로 신뢰하고 치료에 임했던 것이 더 좋은 효과를 볼 수 있었던 비결이 아닐까 싶다.

끔찍하게 아팠던 허리통증은 사라졌지만 원장님은 허리디스크는 관리를 잘하지 않으면 언제든 재발할 수 있다며 신신당부했다. 원장님의 당부대로 나는 무거운 짐 들기나 빠른 걷기를 삼가면서 천천히 걷기 운동을 하고 있다. 이 정도만으로도 많은 사람들이 놀랄 정도로 나는 점점 빠르게 좋아지는 중이다. 오래 허리가 아프다 보니 등이 많이 굽었었는데, 이 또한 반듯하게 펴졌다.

주변의 많은 사람들이 허리디스크 수술로 초기에는 허리디스크의 증상이 완화되었지만 시간이 지나면서 다시 아프다는 이야기를 많이 한다. 난 다르다. 허리디스크 증상은 거의 느끼지 못한다. 아주 가끔 피곤할 때면 발끝이 살짝 아픈 느낌만 남아 있을 뿐이다.

버스를 타고 가다가 너무 허리가 아파 버스에서 내려 도로에 누웠던 그날, 양방병원이 아니라 한방병원으로 가게 된 것이 나에게는 천운이다. 다른 사람들보다 내가 특히 더 한방치료에 잘 반응하는 것일 수도 있다. 하지만 이유가 무엇이든 분명한 것은 한방치료를 받은 덕분에 그 누구보다도 빨리 회복되어 일상으로 복귀할 수 있었고, 더 이상 허리디스크로 고생하지 않는다는 것이다. 그것으로 족하다. 더 이상 바랄 게 없을 정도로 행복하다.

| chapter 3 |

어둠은
빛을
이길 수 없다

"이젠
축구할 수
있겠어요"

- 이건오(20대 초반, 남, 허리디스크)

어렸을 때부터
농구와 축구, 뛰어놀기를 좋아하는 내게 어느 날부터 반갑
지 않은 증상들이 나타나기 시작했다. 고등학교 1학년 때부
터였던 것으로 기억한다. 가끔 오른쪽 다리가 저렸지만 그
때는 디스크의 증상을 몰랐기에 그냥 넘기곤 했다.

고등학교 2학년 때는 증상이 더 심해졌다. 1학년 때는 다
리가 저린 정도였지만 2학년 때는 한두 달 간격으로 극심한
허리통증이 찾아왔다. 마치 대못으로 허리를 찌르는 고통이
반복되었는데도 미련하게 참곤 했다.

그렇게 시간은 흘러 고등학교 3학년이 되었다. 막 새 학

기가 시작된 2015년 3월, 봄을 시샘하는 꽃샘추위가 기승을 부리면서 감기에 걸린 친구들이 많았다. 우리 반 친구들도 예외는 아니었다. 내 짝꿍은 기침까지 심하게 했는데, 결국 나까지 감기에 걸려 기침을 하게 되었다.

기침을 하는 순간, 생전 처음 극심한 허리통증을 느꼈다. 너무 고통스러웠다. 며칠이 지나도 허리통증이 가라앉지 않아 양방 병원을 찾았다. 진료 결과는 디스크 파열. 양방 의사 선생님은 수술 이외엔 방도가 없다는 듯이 말하며 수술을 권했다. 눈앞이 노래졌다. 왜 하필이면 지금인가. 대학입시가 코앞인 상황에서 공부에만 전념해도 모자랄 판인데 허리디스크라니.

허리는 끊어질 듯 아팠지만 수술은 엄두가 나지 않아 부모님 지인이 추천해준 한방병원을 찾았다. 솔직히 수술을 해야 한다고 하니 좀 큰 병원으로 수술하러 가려고 했었다. 가기 전에 밑져야 본전이라는 마음으로 한방병원에서 상담만 받아보려 했다. 하지만 수술 없이 치료할 수 있다고 자신 있게 말하는 원장님을 보고 바로 입원하기로 결정했다. 그렇게 나의 첫 번째 입원생활이 시작되었다.

❋ 순조롭지만은 않았던 한방치료

입원한 후 이틀 동안은 허리가 너무 아파 앉아서 밥을 먹지 못했다. 화장실도 편히 갈 수가 없었다. 잠은커녕 이틀 밤을 고통에 몸부림치며 뜬눈으로 지새웠다. 정확히 그때의 증상이 무엇이었냐면, 허리를 꼿꼿이 펴고 걷지 못했으며, 걸을 때 보폭은 15센티도 못 미쳤다. 그나마도 부축 없이는 한 발자국도 걷지 못했다.

자세를 바꿀 때도 고통은 어김없이 찾아왔다. 서 있다가 앉을 때, 누워 있다가 앉을 때 모두 끔찍한 고통의 시간이었다. 당시 기침감기가 심하게 걸려 기침을 할 때마다 허리가 끊어질 것처럼 아팠다. 밤은 더 끔찍했다. 낮에는 저녁과 밤에 비하면 천국이었다. 해가 떨어진 후 밤이 되면 기침은 심해지고, 다리로 내려오는 통증은 극심해지며, 꼬리뼈 통증은 말로 표현할 수 없었다.

입원 초기에는 새벽마다 간호사님을 부르기 일쑤였고, 새벽에도 진통을 줄여주는 한약을 먹어야만 했다. 같은 병동에서 지내는 다른 할아버지들보다 손주뻘인 어린 내가 더 힘들고 고통스러워했던 것 같다.

심리적으로 불안한 내 마음을 편하게 만들어준 건 한방 병원 자체였다. 우선 병원 시설이 일반 병원과는 달랐다. 환자가 생활하기 편하게 최고의 시설을 갖추고 있었고, 입원실도 공간이 넉넉해 답답하지 않았다. 입원실과 별도로 자연을 닮은 휴식 공간이 곳곳에 있어 지쳐 있던 몸과 마음을 달래는 데 큰 도움이 되었다.

정말 친절한 간호사 선생님들의 헌신도 불안감을 가라앉히는 데 큰 역할을 했다. 그분들은 '뼛속까지 간호사'라는 말이 어울릴 정도로 정말 친절하게 환자를 대했다. 특히 입원 환자는 핸드폰으로 직접 진료 예약이 잡히는데, 나는 핸드폰이 없어 매번 간호사 선생님이 직접 내 침대로 와서 진료 시간을 안내해주었다. 이처럼 번거롭고 궂은일을 얼굴 한 번 찌푸리지 않고 도와주셨다.

인턴선생님에 대한 고마움도 빼놓을 수 없다. 입원해 있는 동안 나의 팔다리가 되어준 인턴선생님은 병에 대해 궁금한 점이나 치료에 쓰이는 약이라든지 사소한 것들까지도 친절히 알려주고 걸을 때 부축도 많이 해주었다. 하지만 무엇보다 가장 기억에 남는 건 원장님이다. 원장님 덕분에 수술하지 않고도 나을 수 있다는 희망과 믿음을 갖게 되었다. 처음 입원했을 때는 추나베드에도 혼자서는 절대로 눕고 일어설 수 없었지만 2주일 가까이 신바로약침, 추나치료를 받으면서 혼자서 눕고 일어설 수 있을 만큼 좋아졌다. 걷는 것도 눈에 띄게 좋아지고, 잠자는 동안 뒤척이는 횟수도 줄었다.

그렇게 3주 정도 입원한 후에 곧바로 학교에서 공부를 시작했다. 퇴원 후에 일주일에 두 번씩 통원 치료를 했다. 하지만 마냥 순조롭게 낫기만 하지는 않았다. 짧게는 3주, 길게는 한 달 간격으로 극심한 꼬리뼈 통증과 다리 저림 증상이 주기적으로 반복되었다. 그럴 때마다 '이렇게 해서 언제 낫나⋯⋯' 싶어 속상했다. 퇴원하고 3개월이 지났는데도 통증은 더 이상 호전되지 않았다.

✳ 1년 3개월 만에 환호하다

결국 7월 달에 다시 2주간 입원하기로 결정하고 치료를 받았다. 전체적으로 보면 통증의 정도나 일상생활 면에서 점진적으로 좋아졌으나 그 당시에는 빠르게 호전되지 않아 낫는다는 느낌이 별로 없었다.

실제로 MRI 검사 결과로는 디스크가 조금 더 악화된 것으로 나타났다. 퇴원한 후에도 3월 달에 처음 아팠을 때만큼 다시 아팠던 시기가 있었다. 그때는 한방 치료를 포기하고 수술할까도 심각하게 고민했다. 원장님은 믿고 계속 치료를 하길 권유하셨고, 11월 말까지 통원 치료를 계속했다. 물론 중간중간 반복되는 통증은 계속 있었다.

수능이 끝난 후, 12월 달에 세 번째(마지막) 입원을 했다. 수능이 끝난 후라 4주 조금 넘는 기간 동안 입원해 집중 치료를 받았다. 증상은 눈에 띄게 호전되지 않았다. 다리가 올라가는 가동 범위는 입원하기 전과 별반 차이가 없었다. 하지만 퇴원할 때쯤 MRI 검사를 했는데, 7월과 비교해보니 조금 나아진 모습이었다. 몸으로 느껴지는 증상은 미미했지만 영상으로 확인한 호전은 처음이라서 지금까지 믿고 치료한 보람을 느꼈고, 앞으로 원장님을 믿고 계속 치료할 것이라 마음먹었다.

퇴원 후 일주일에 한 번씩 내원하여 침 치료, 추나요법 그리고 도수치료까지 꾸준히 받았다. 5개월쯤 지난 후 거짓말처럼 다리를 번쩍 올릴 수 있게 되었다. 아무런 통증도 없었다. 지난 1년 동안 그렇게 열심히 치료를 받았는데도 올라가지 않던 다리가 올라가니 세상을 다 가진 것 같았다.

2016년 5월 MRI 촬영 검사 결과는 놀라웠다. 진료실에 들어설 때부터 원장님의 표정은 평소와 달랐고, 화면에 떠 있는 사진이 내 사진이라는 것이 믿기지 않을 정도로 깨끗했다. 터져 나왔던 디스크는 너무나도 말끔히 흡수되었고, 눌려 있던 신경도 제자리를 찾았다.

1년 3개월 동안 힘들게 치료받던 지난날이 주마등처럼 스쳐 지나가면서 감정이 북받쳐 올라 한동안 말을 이어가지 못했다. 원장님께서 나를 보고 "이제 축구할 수 있겠다."라고 하신 말씀이 아직도 머릿속에서 떠나질 않는다.

이번에 크게 아프면서 두 개의 교훈을 얻었다. 첫째 '아프면 병원으로!' 나의 경우 오랫동안 허리통증이 있었는데 이를 무시하고 방치해서 디스크 파열 정도가 심했다. 통증 정도가 심하고 큰 병으로 의심된다면 주저 말고 검사를 받아야 한다. 두 번째 교훈은 '천천히 꾸준한 사람이 이긴다.'는 것이다. 정말 긴 시간 동안 포기하지 않고 병원과 원장님을 믿고 치료해서 내 나이에 맞는 젊고 건강한 허리를 되찾을 수 있었다. 중간에 빨리 낫지 않는다고 수술의 유혹에 빠질 뻔한 나를 잡아준 원장님이 그래서 더 고맙다.

치료는
길었지만
결과는 달콤하다

- 박연희(70대 초반, 여, 척추관협착증)

　　　　　　　　　　10년 전에 허리가 너무 아파
대학병원에 가서 CT 촬영을 했는데 척추관협착증, 척추전
방전위증, 인대골화증 진단을 받았다. 의사는 허리가 너무
안 좋아 두 번 수술해야 한다고 했지만 수술을 받지 않았다.
　　대신 일상생활에서 몸을 잘 관리하려고 노력했다. 그럼
에도 허리는 아프다 안 아프다를 늘 반복했다. 다리와 엉덩
이도 아팠는데 허리에 비하면 아파도 참을 만한 정도였다.
아파도 별다른 치료를 받지는 않았다. 이따금씩 아프고 불편
할 때마다 동네 한의원에서 일반침을 맞으며 지냈다. 그러나
일반침은 맞을 때만 좀 괜찮을 뿐 별다른 효과는 없었다.

허리 교정을 하면 좋아진다는 말을 듣고, 대림동에 있는 한의원에서 교정치료도 받았다. 교정치료를 받으니 허리와 엉덩이의 통증이 사라지고, 목의 통증도 없어졌다. 교정치료 후 4년 정도는 비교적 통증 없이 편하게 지냈다. 개인적으로 교정치료는 효과가 있다고 느낀다.

그렇게 아픈 허리를 달래면서 그럭저럭 살던 어느 날이었다. 2016년 4월 갑자기 비가 쏟아지는 바람에 우산 없이 30분간 비를 맞았다. 비를 피하기 위해 빠른 걸음으로 달리다시피 걸었는데, 그 때문에 허리에 무리가 갔는지 다음 날부터 아프기 시작했다.

✿ 이러다 평생 못 일어나는 거 아냐?

'하루 이틀 쉬면 허리가 괜찮아지겠지' 생각하며 이틀을 보냈다. 그러나 몸이 괜찮아지기는커녕 통증이 허리에서 다리로 내려가기 시작했다. 통증이 점점 더 심해지니 걱정이 되어, 3일째 되는 날 식구들의 부축을 받으며 힘겹게 동네 한의원을 찾아가 침을 맞았고, 한의사로부터 입원해야 한다는 말을 들었다.

'설마 그렇게까지 해야 할까?' 싶었다. 허리가 아프긴 하지만 입원까지 해서 치료해야 하나 싶으면서도 혹시나 싶어 입원 가능한 한방병원을 알아보기 시작했다. 그러는 동안 통증은 점점 더 심해져 4일째 되던 날, 허리에 통증이 심하게 오기 시작했고, 다리까지 통증이 뻗치면서 일어날 수도, 움직일 수도 없었다.

화장실도 가지 못하게 되어 누워서 대소변을 보며 하루를 꼼짝없이 누워 보내다 보니 겁이 나기 시작했다. '이러다가 평생 못 일어나는 거 아닌가' 두렵기도 했고, '수술을 해야 하나' 고민이 되면서 불안하기도 했다. 통증이 심해질 때는 무섭기도 했다.

병원에 가면 수술해야 하는데, 수술은 하기 싫었다. 동네 한의원은 걸어가는 것조차 힘들기 때문에 외래치료를 받을 수도 없었다. 나에게 선택지는 별로 없었다. 수술은 죽어도 하기 싫으니 한방치료를 해야 하는데, 움직일 수가 없으니 입원할 수 있는 한방병원에서 치료받는 게 최선이었다. 하지만 어느 한방병원을 가야 할지 결정하기 어려웠다. 그래서 딸과 상의하며 모든 걸 딸에게 의지하게 되었다. 딸은 병원을 결정하는 데 고민이 많았고, 노원구에 있는 한방병원을 선택하고 싶어 했다. 그러던 중 동네를 지나는 버스 간판에서 ㅈ한방병원 이름을 보게 되었다고 한다.

딸은 이미 관심을 갖고 있었지만 내 상태가 워낙 심각했던 터라 과연 한방병원에서 치료가 가능할지 확신이 없었다. 너무 결정하기가 어려워 그간 몇 차례 외래진료를 받았던 한의원의 한의사를 만나 의논을 했다고 한다. 한의사는 입원을 권하면서 의뢰서를 써주셨고, 여러 의료 기관을 추천해주었는데, 그중 ㅈ한방병원도 포함되어 있었다. 이후 홈페이지를 통해 더 자세히 알아본 후 진료예약을 했고, 나는 딸의 의견을 전적으로 따랐다.

119응급차를 불러 구급대원들의 도움으로 한방병원에 입원했다. 통증으로 몸을 전혀 움직이지 못해 병원 침대로 옮길 때 여러 명의 간호사님들과 남자직원 분들이 모두 달라붙어야만 했다. 옮길 때 나는 자지러질 듯 아파서 소리를 질렀고, 그렇게 병원침대에 누운 채로 원장님의 첫 진료를 받았다. MRI 검사 결과 협착증, 디스크 진단을 받았고, 조금만 건드려도 허리가 자지러지게 아팠기 때문에 입원실에 있는 침대로 옮길 때도 6명의 간호사님들이 좌우로 침대보를 붙들고 나를 옮겨야 할 정도로 상태가 심각했었다.

처음 입원해 몇 주 동안은 정말 끔찍했다. 일어나지도, 앉지도 못하니 화장실을 갈 수도 없어 대소변을 기저귀로 받아내고 자리에 꼼짝없이 누워 있어야만 했다. 침대를 올리면 허리가 아파 거의 누운 상태로 아주 조금만 침대를 올려야 했다. 오른쪽에서 왼쪽으로 돌아눕는 것조차 통증이 심해서 하기가 어려웠다. 한 자세를 계속 취하고 있다 보면 자세를 못 바꾸니까 머리가 너무 아팠고, 몸이 눌려 힘들었다. 자세를 바꾸는 것 자체가 큰 고통이었다.

식사도 가족들이 옆에서 먹여주어야 했다. 그나마도 침대를 조금만 높여도 허리가 아프니 거의 반 누워 있는 상태에서 밥을 먹었다. 수저를 들 수도 없어 90세인 고령의 어머니가 직접 떠먹여 주기도 했고, 심지어 사위까지도 와서 옆에서 식사 수발을 들었다. 누워서 먹다 보니 소화가 잘 안 되어 식사도 제대로 하지 못해 두유를 먹으며 하루를 보낸 적도 있다.

양치질도 거의 누운 상태에서 고개를 옆으로 돌려 물을 뱉었다. 그러면 옷이 흥건히 젖어 하루에도 여러 번 갈아입어야 했다. 머리는 감지도 못한 채 몇 주를 보냈고, 세수도 식구들이 물수건으로 해주는 등 스스로 일상생활을 할 수 있는 것이 하나도 없었다. 앉고, 일어서고, 밥 먹고, 양치질하고, 화장실 가고, 걸어 다니는 등 일상의 사소한 부분까지도 모두 다른 사람의 도움을 받아야 해서 미안하고 고통스러웠다.

허리, 배 둘레, 허벅지, 종아리, 발가락 끝까지 통증이 말할 수 없을 정도로 심했고, 2분마다 통증이 와서 진통제를 처방받아야 했다. 조이면서 찌르는 듯이 아팠고, 꾹 눌러서 쑤시는 것 같은 통증 때문에 나도 모르게 '으악' 비명을 지른 적이 한두 번이 아니었다. 당연히 잠도 거의 잘 수가 없었다. 6인실에서 새벽 1시, 2시에 나도 모르게 '악' 소리를 내며 아파했기에, 다른 환자들의 수면을 방해하는 것이 미안하여 2인실로 옮기기도 했다. 2인실에는 다행히도 다른 환자가 없어서 아플 때마다 나도 모르게 소리를 질러도 괜찮았다.

무언가가 조이는 듯이 심하게 쑤셨고, 너무 통증이 심해서 시도 때도 없이 비명소리가 절로 나왔다. 밤에는 제대로 잠도 못 자고 1~2분 간격으로 통증이 심하게 오니 그럴 때마다 '이대로 못 일어나는 거 아닌가' 걱정하며 밤을 꼴딱 새우기도 했다. 내 비명소리를 들으며 병동에 있는 간호사님들도 걱정을 많이 했다. 간병하던 딸도 놀라 잠이 깬 적이 한두 번이 아니었고, 나의 아픈 모습을 보며 눈물을 흘렸고, 나도 울었다. 딸뿐만 아니라 가족들 모두에게 힘겨운 시간이었다.

✽ 45일의 입원, 29일의 재입원, 9개월의 통원치료

한방병원에 입원해 있는 동안 봉침, 신바로약침, 동작침, 일반침, 추나, 한약, 물리치료 처방을 받았다. 개인차가 있겠지만 나에겐 '신바로약침'과 '봉침'이 효과가 컸던 것 같다.

동작침은 경이로웠다. 누워서 침만 맞고 있던 어느 날, 원장님이 "걸어야 한다."며 내 허리에 침을 놓고, 나를 붙들어 일으켜 세웠다. 나는 두려워서 쭈뼛쭈뼛했는데 원장님이 "걱정하지 말고 걸어보라"고 했다. 엄두가 안 났지만 원장님이 내 손을 잡고 붙들어주어 조심스럽게 걸음을 옮겼다. 놀랍게도 걸을 수 있었다. 입원한 이후 걸은 게 그때가 처음이었다. 허리에 침을 꽂은 채 걷는다는 게 너무 놀라웠다. 다시 걸을 수 없을 것만 같던 내가 걸을 수 있어서 너무 신기했고, 걷는 나를 보며 우리 엄마는 눈물을 흘리셨다. 지켜보던 가족들 모두 감동했다.

신바로한약의 주요 성분을 경혈 주입용으로 만들어 염증과 통증 제거에 효과가 좋다는 신바로약침을 맞고 나면 확 좋아지지는 않았지만 분명히 차도가 있었다. 겁이 많아 침 맞는 것을 무서워하고 실제로 아팠지만 맞을 때마다 조금씩 좋아지니 '이 침을 맞으면 통증이 더 나아질 것이다'라는 기대가 있었고, 기대한 대로 여지없이 좋아지는 것을 느꼈다. 그래서 침 맞기가 두렵기도 했지만 한편으로는 기다려지기도 했다. 때로는 '정말 나아질까? 좋아질 수 있을까?' 의문이 들 때도 있었지만 점점 좋아지는 것을 느끼며 원장님에 대한 믿음도 많이 생겨서 내 몸을 온전히 맡기기로 작정했다.

45일을 입원하면서 집중치료를 받은 덕분에 일어설 수도, 걸어 다닐 수도 있게 되어 퇴원하고 외래치료를 받으면서 일상생활을 했다. 그런데 어렵게 찾은 일상을 기뻐만 했지, 허리는 지속적인 관리가 필요하다는 것을 깜빡했다. 입원해서 고생한 게 엊그제인데, 아무 생각 없이 무거운 물건을 들기도 하고, 집안일을 부지런히 했다. 무심코 한 그런 행동들이 허리에 지속적으로 부담을 주면서 결국 또다시 허리가 아파 일어나지 못하는 상황이 왔다. 퇴원한 후 고작 10일 만에 벌어진 참사였다. 또다시 119응급차에 실려와 두 번째 입원을 하게 되었다.

첫 번째는 45일 입원하고 퇴원했는데, 두 번째는 입원한 지 29일 만에 퇴원했다. 그동안 치료받았던 것들이 효과를 보면서 입원 일수가 짧아지고 회복도 더 빨랐던 것 같다. 두 번째 퇴원 후 9개월가량 외래치료를 받았다. 꾸준히 치료를 받은 덕분에 지금은 통증이 있어도 지속되는 시간이 길지 않고 이전보다 빨리 통증이 사라졌다. MRI도 두 번 촬영했는데, 첫 번째와 달리 두 번째 결과에서는 더 좋아졌다면서 치료가 잘되고 있다는 말을 들었다.

다시 찾은 일상은 달콤하다. 화장실도 혼자 가고, 세끼 식사도 손수 내 손으로 챙겨 먹을 수 있고, 양치질은 물론 머리 감기, 목욕도 내 손으로 할 수 있다. 입원해 있는 동안에는 한 번 일어나려면 30분 동안 마음의 준비를 하고 몸부림을 쳐야 겨우 움직일 수 있었다. 그랬던 몸이 지금은 자유롭게 마음대로 일어나고 싶을 때 일어나고, 눕고, 옆으로 마음대로 돌리고, 다리도 올리고, 밖에도 나가 바람도 맞고 햇볕도 쐬고 있다. 멀리는 못 가지만 집 앞 가까운 마트에도 갔다 온다. 갔다 오는 데 1시간 정도 걸리는데, 집에 돌아와

누우면 허리가 뻐근하지만 10분가량 지나면 금방 풀린다. 세상 부러울 것이 없다.

이렇게 되기까지 마음의 갈등이 많았다. '이 치료를 믿고 내 몸을 맡기면 정말 낫는 것인가.' '이 치료를 정말 믿고 가야 하나.' 침을 맞으면 좋기도 했지만, 맞고 나도 여전히 통증이 있으면서 아플 때도 있었다. 그럴 때마다 갈등했다. 좋을 때는 좋았다가 안 좋을 땐 낙담했다가를 반복했다. 그때마다 나아진 내 몸을 보며 갈등하는 마음을 다잡고 생각을 고치며 치료를 계속 받았다.

내 허리를 살펴보니 몸을 많이 움직이고 무리하게 집안일을 했을 때 허리가 많이 아팠다. 오히려 아무것도 하지 않을 때는 허리가 아프지 않아 좋았다. 주부가 아무것도 안 하기란 힘들다. 하지만 아무것도 안 하고 누워만 있어야 허리가 아프지 않고 점점 좋아진다는 것을 깨달았다.

❋ 1년 만에 경기도에 여행을 가다

2017년 4월 30일에는 가족들과 1박 2일로 가까운 경기도에 여행을 다녀왔다. 처음 허리가 아파 입원한 지 1년여

만의 여행이었다. 1년 동안 침상에만 있다가 오랜만에 야외로 나가 잔디도 밟고, 풀냄새도 맡고, 히노끼탕에서 노천욕도 하는 등 바람을 쐬니 행복했다. 그동안 나 때문에 마음졸이며 고생했던 가족들과 함께하는 여행이어서 더욱 즐거웠다.

언제 내가 그렇게 아프고 통증이 심해서 고통을 겪었나 하는 생각이 들 정도로 지금은 몸이 가볍다. 가끔 뻐근하기는 해도 통증은 없다. 더 이상 통증 없이 하고 싶은 일들을 대부분 할 수 있어 행복하다.

한방치료도 좋았지만 내가 다시 건강한 허리를 되찾게 된 것은 다 원장님 덕분이다. 언제나 친절하셨던 원장님. 내가 어떤 것을 물어봤을 때 끝까지 대답해주고, 잘 들어주고, 잘 설명해주고, 결정하기 어려운 문제들을 의논할 때 함께 고민해주어서 해답도 많이 얻었다. 의사가 환자를 환자로 대한다기보다는 어떤 상담자와 같이 편안하게 가족처럼 친근하게 대해주어서 원장님을 대하는 것이 편안하고 좋았다.

내가 가장 아팠을 때 내 몸을 가장 잘 알아주고, 나를 일어나게 해주고, 걷게 해주고, 자유롭게 움직이게 해준 원장님은 나에게 또 다른 삶을 선물해준 은인이다. 원장님은 나뿐만 아니라 가족들도 많이 격려해주셨다. 가족 중 누구 한 사람이라도 아픈 사람이 있으면 가족 모두가 고생한다. 그런 가족의 마음을 헤아려주어 우리 가족들도 무척 고마워했다.

치료를 받으면서 씨앗에서 이제 막 자란 어린 새싹 같던 내 허리가 점점 튼튼해지는 것을 느꼈다. 허리에 힘이 생기고, 스스로 지탱하는 힘이 강해졌다. 그렇게 허리가 튼튼해져 1박 2일로 여행까지 가능해진 지금을, 더 큰 욕심 부려 허리에 무리가 가지 않도록 조심하며 충분히 즐기면서 살고 싶다.

어느 날 갑자기
돌아간 입,
1년 같았던 한 달

- 김수호(40대 후반, 남, 안면신경마비)

2020년 1월 6일 월요일.
평소처럼 꽃시장을 다녀온 후 꽃을 정리하고 점심을 먹고 화장을 시작했다. 맨 얼굴로 손님을 맞이하는 게 예의가 아닌 것 같아 꽃가게에 나가기 전에는 항상 화장을 한다. 스킨, 로션을 바르고 콤팩트를 두드리고 립스틱을 바르려는데 뭔가 이상했다. 입이 왼쪽으로 돌아가 있었다.

깜짝 놀라 집 근처 한의원을 검색하니 '한방병원'이 있었다. 가게와 그리 멀지 않은 거리여서 바로 내원해 첫 진료를 받았다. 진단명은 안면신경마비(구안와사). 마비가 오른쪽으로 와서 오른쪽 눈이 멍하고 감기지 않았다. 말을 해도 오른쪽 입이 제대로 움직이지 않았다. 입은 왼쪽으로 돌아갔다.

원장님은 휴식이 필요하다며 입원을 권했지만 당시 꽃가게는 졸업 시즌이라 무척 바빴다. 대목을 놓칠 수 없어 입원하는 대신 일주일 정도 장사를 계속했다. 휴식이 필요한데도 찬바람을 맞으며 무리를 해서인지 입은 점점 왼쪽으로 많이 돌아가고, 눈도 제대로 감기지 않고 눈물이 나고 시렸다. 물이나 국물을 마실 수 없어 물은 빨대로 마시고 국물은 계속 옆으로 흘려가며 식사를 했다.

1월 6일 처음 안면신경마비가 왔던 날, 한방병원에서 지어준 한약과 약을 1월 7일부터 먹었다. 아침저녁으로 한약을 먹고 양약도 함께 먹었다. 처음 한방병원에서 진료를 받을 때 원장님이 알려준 '안면신경마비 운동법'도 열심히 했다. 하루에 세 번, 한 번 할 때 30회씩 꾸준히 했는데도 안면신경마비는 좋아질 기미가 보이질 않았다. 계속 한방병원을 다니는데도 차도가 없자 겁도 나고 속상하기도 해서 펑펑 운 적도 있다. 울고 나니 가슴은 조금 뚫리는 듯했다.

이렇게 해서는 안 되겠다는 생각에 1월 14일 입원했다. 입원해서 매일 아침에 한 번, 오후에 한 번 총 2회 침을 맞고 추나치료를 받았다. 침을 맞고 병실로 돌아오면 일부러 30

분씩 눈을 감고 누워 있었고 쉬는 시간에는 거울을 보면서 '안면신경마비 치료를 위한 자가운동'을 열심히 했다.

입원한 지 3일째인 1월 17일, 눈 감는 것이 부드러워졌다. 많이 들떠 있던 눈이 조금만 들뜨니 감을 수 있게 되었다. 잠을 잘 때는 눈에 안연고를 바르고 안대를 하고 잤다. 다음 날인 1월 18일에는 그동안에는 감각이 없어서 얼굴에 침을 맞을 때 통증을 못 느꼈는데 침을 맞으면 따끔거리며 아픈 것을 느끼게 되었다.

증상은 하루가 다르게 호전되었다. 1월 19일에는, 이전에는 가만히 있어도 입이 돌아가 있었는데 입을 다물고 있으면 인중이 살짝 왼쪽으로 돌아갔지만 자세히 보지 않으면 모를 정도로 좋아졌다. 1월 20일에는 '오', '우' 하는 입술 모양을 조금은 자유롭게 낼 수 있었다. 오른쪽 입술이 조금씩 움직이기 시작한 것이다. 가슴이 떨리고 기뻤다. 원장님과 의료진도 자기 일처럼 함께 기뻐해주셨다.

기쁨도 잠시, 매일 좋아지던 것이 답보 상태에 빠졌다. 1월 21일부터 23일까지 3일간은 크게 달라지는 모습 없이 시간만 덧없이 흘러갔다. 처음처럼 또 조바심이 생기고 걱정이 되었지만 원장님을 믿고 침 치료 열심히 받고 자가운동을 시간 나는 대로 연습하고 충분히 쉬면서 병원생활을 했다.

1월 24일, 다시 변화가 느껴졌다. 눈이 꽉 감기지는 않았지만 가만히 감기고 빛이 새어 들어오지 않았다. 눈 감는 것도 자유로워졌다. 1월 25일에는 '오', '우' 하는 입술 모양을 자유롭게 낼 수 있었고 오른쪽 입술이 정말 많이 움직였다. 1월 26일에는 입꼬리 올리는 것이 오른쪽 입술 쪽으로 조금씩 되기 시작했다. 너무 좋아서 밥 먹다가도, 누워 있다가도 계속 입꼬리 올리는 연습을 했다.

1월 27일에는 언제 완전히 좋아질지, 치료가 언제 끝날지 몰라 답답했는데 원장님이 1월 30일 목요일에 퇴원해도 좋다고 말씀하셨다. 퇴원 후 통원치료는 해야 하지만 퇴원해도 좋다는 말씀에 너무 좋았다.

1월 28일, 아직 정확하게 인중이 자리를 잡지 못하고 돌아가 있었지만 침 치료 잘 받고 자가운동을 계속했다. 퇴원을 하루 앞둔 1월 29일에는 '드디어 내일 퇴원한다. 그동안 떨어져 있던 가족이 있는 집으로 간다.'는 마음에 가슴이 벅찼다.

1월 30일, 예정대로 퇴원하며 감회가 새로웠다. 안면신경마비가 발병하고 입원하고 퇴원하기까지 한 달이 채 안 걸렸다. 그리 오랜 시간은 아닌데, 나에게는 1년만큼이나 길게 느껴졌다. 돌아보면 고작 한 달이 안 되는데, 어지간히도 초조해하고 불안해했다. 그런 나에게 희망을 주고 격려해주었던 원장님께 감사드린다. 원장님 외에도 도수치료를 열심히 해주셨던 선생님, 새벽부터 저녁까지 증상과 치료 과정을 묻고 걱정해주신 간호사 선생님들도 너무 고맙다.

지나가면 분명하게 보이지만 과정에는 그 길 끝에 무엇이 있을지 몰라 당연히 불안할 수 있다. 하지만 불안함과 초조함은 병을 치료하는 데 아무런 도움이 되지 않는다는 것을 안면신경마비를 경험하면서 실감했다. 분명히 나을 수 있다는 마음으로 당장의 상태에 일희일비하지 않고 꾸준히 치료를 받는 것만큼 중요한 것도 없는 것 같다.

● "이젠
   안 오셔도
   됩니다"

- 심명보(40대 초반, 남, 허리디스크 / 목디스크 / 척추관협착증)

　　　　　　　　40대 초반 남자.

뼈는 30대에 최정점에 달했다가 이후부터는 점점 늙고 약해
진다고 하니 40대 초반이면 허리통증으로부터 완전히 자유
로운 나이는 아니다. 그럼에도 허리통증은 늘 남의 일이고,
나이가 많은 어르신들의 문제라고 여겼다.

　그렇게 안이하게 생각했기에 처음 허리통증이 찾아왔을
때도 대수롭지 않게 생각했다. 처음에는 그냥 쉬기만 해도
좋아졌다. 시간이 지나면서 통증이 심해지긴 했지만 병원에
가서 치료받고 나면 괜찮아졌다. 나뿐만 아니라 허리가 아
픈 분들은 대부분 나처럼 아플 때만 병원에 갔다가 괜찮아

지면 방심하기를 반복할 것이다.

그런데 어느 순간 며칠만 지나면 좋아지던 허리가 2주가 넘어도 좋아지지 않는 날이 오고야 말았다. 겨우 버티던 어느 날, 운전하고 차에서 내리는데 극심한 통증이 왔다. 걸을 때는 왼쪽 종아리 옆에 통증이 느껴졌다.

지금 생각하면 제일 후회되는 시간이다. 시간을 되돌릴 수만 있다면 바로 병원으로 달려갈 것이다. 하지만 당시 나는 차에서 내릴 때 잠깐 극심한 통증이 왔지만 곧 진정되었고, 종아리 통증도 견딜 만해 이러다 좋아지겠지 생각하며 견뎠다.

한 달쯤 지나니 갑자기 돌아눕기, 일어서기, 걷기 다 힘들었고, 여러 부위에서 한꺼번에 심각한 통증이 느껴져 동네 정형외과에서 한방병원으로 옮겼다. 8년 전쯤 그 한방병원에서 목디스크 치료를 받고 완치한 경험이 있기 때문이다. 그때 나를 치료했던 원장님을 찾아 그 원장님이 있는 한방병원을 방문했다.

한방병원을 찾을 때 내 상태는 꽤 심각했다. 제일 고통스러웠던 건 바닥에 눕거나 일어날 때였다. 통증이 너무 심했다. 걸을 때는 왼쪽 종아리 옆 통증으로 걷기가 힘들었다.

허리보다 종아리가 더 아팠다. 세수는 당연히 할 수 없었으며, 대변도 통증 때문에 보기 어려웠다. 방귀도 꼬리뼈 부분에 통증이 와서 참아야 했다. 재채기를 할 때의 통증은 그야말로 살인적이었다. 엄청난 통증이 허리에 와 재채기가 나오려고 할 때 입과 코를 막았던 기억이 난다.

증상이 중증이어서 집중치료를 받았다. 치료받은 지 얼마 안 되었는데 제일 큰 고통이었던 눕고 일어설 때의 통증이 많이 좋아져 아이처럼 기뻐했었다. 걷는 것도 힘들었는데 5분 이상 걷게 되었다. 확실히 한방병원에서 치료를 받으면서 큰 통증은 줄어들었다. 하지만 자잘한 통증은 계속되었다.

우선 누워서 자려고 해도 시간이 지나면 다리가 당겨 새우잠을 자는 날이 많았다. 돌아누울 때도 아파서 자다가도 깬 적이 한두 번이 아니다. 아침에 기지개를 켤 때 허리와 다리가 당겨 기지개도 천천히 해야 했다. 아침에 처음 걸을 때 종아리에 큰 통증이 와 일단 다시 앉아서 안 아플 때까지 기다렸다 걸어야 했다. 오후에는 눕고 일어날 때 아침처럼 종아리에 강한 통증은 나타나지 않았다.

그래도 한방병원에 가기 전에 비하면 그 정도 통증쯤은

괜찮았다. 견딜 만했다. 문제는 크게 생각하지 않았던 걷는 것이었다. 협착증으로 인해 어느 정도 걸으면 종아리와 허리에 통증이 와서 앉아서 쉬어야 했고, 신기하게도 앉아서 잠깐 쉬면 통증이 없어져 걸을 수 있었다. 못 걷다가 치료받고 걸을 수 있게 돼서 금방 좋아질 줄 알았는데 그 후 이런 증상으로 정말 고생을 많이 했다. 그때는 앉아 있는 게 제일 편했다.

6개월 정도 지났을 때 가장 힘들었던 건 휘어진 허리를 볼 때였다. 초기에는 좋아지는 게 많이 보였는데 속도가 느려지고 내 상태가 쉽게 좋아지지 않을 수도 있겠다는 불안감에 힘들어하기도 했다. 걸으면 통증이 와서 이내 주저앉아야 했다. 그렇게 잘 걷지를 못했다. 혼자 할 수 있는 게 아무것도 없다는 생각에 우울했다.

거울을 보기도 싫었다. 눈에 띄게 휜 내 몸을 보는 건 고역이었다. 걸을 때 15도 정도 몸이 기울어지는 것도 창피했다. 모든 게 다 싫었고 이러다가 완치가 안 돼서 평생 이런 모습으로 살게 되면 어떡하나 불안했다. 척추협착증 장애등급을 검색해서 볼 정도로 당시의 나는 불안정하고 두려움에 쌓여 있었다.

그때는 정말 별별 생각을 다 했다. 가족들도 힘들어하는 나를 보면서 많이 힘들어했고 좋아지는 속도가 느려지자 가족들이 다른 치료를 받아야 하는 게 아니냐며 걱정했다. 가족들은 걱정이 돼서 한 말인데, 나는 화가 나서 가족들과 언쟁을 벌이기도 했다. 그때는 정말 예민했고 모든 것이 내 인생에서 최악의 순간들이었다. 가족과의 말다툼도, 아픈 것도 다 내 잘못인 것만 같았다.

어쩌면 예전에 한방병원에서 목디스크 치료를 안 했다면 이때 다른 선택을 할 수도 있었을 것 같다. 안 좋은 생각을 하면 할수록 마음이 불안해져 그 후 자책하지 않으려 했고, 매일 보던 휘어진 몸도 안 보려고 노력했다. 안 좋은 생각을 할 때마다 혼자만의 주문을 걸면서 버텼다.

정말 길고도 힘든 시간들이었다. 지금 생각하면 그 시간들을 어떻게 버텼는지 내 자신이 대견하기도 하다.

8~9개월쯤 지나서 종아리 통증이 줄자 걷는 시간도 많이 늘고 몸 상태도 좋아졌다. 허리도 펴지기 시작했고 꼬리뼈 통증만 조금 남았던 것 같다. 그즈음 한 번 크게 넘어진 적도 있지만 다행히도 금방 좋아졌다.

좋아지고 난 후 나중에 '치료받을 때 그러지 말 걸' 했던 부분이 있다. 초기에 치료받으면서 금방 몸 상태가 60~70% 정도 좋아진 느낌에, 금방 좋아지겠다 싶어 평소처럼 앉아서 하던 일을 했다. 이게 되나 싶어서 팔굽혀 펴기도 해봤다. 좋아진 것 같을 때마다 이런 시도를 했다. 이런 행동들이 호전되는 속도를 늦춘 건 아닐까 하는 생각이 든다.

끝나지 않을 것 같던 고통에서 벗어나 증상이 호전된 뒤에도 몇 차례 더 한방병원을 찾았다. 혹시 그 끔찍한 고통을 또 겪게 될까봐서였다. 그런 시간들이 지나고 드디어 3주 만에 가도, 1개월 만에 가도 이상이 없다는 이야기를 들었다. 어느 날 원장님이 "이젠 안 와도 된다."고 말했는데, 그 말이 그렇게 좋았다. 이제는 다 나았다는 그 말, 안 와도 된다는 그 말이 그렇게 기분 좋았던 것은 그때가 처음이었던 것 같다.

눈부시게
아름다운 20대,
지금부터 시작이다

- 정소희(20대 후반, 여, 척추측만증 / 허리디스크)

초등학생 때 척추측만증 진단을 받았다. 눈에 띌 정도로 척추가 휘었었고, 척추측만증 때문에 디스크가 생길 수 있다는 말을 들었지만 아무 경각심 없이 살았다. 측만증이 심하니 디스크가 오는 것은 당연하고, 어떻게 막을 방법도 없다는 생각에서였다.

고등학생이 되니 여기저기 아픈 곳이 많았다. 등과 허리는 늘 결리고 아팠고, 두통과 소화불량도 심했다. 걸핏하면 신트림이 올라와 나도 힘들지만 주변 사람들에게 민망했던 적도 많다. 그렇게 허구한 날 아프니 '여기서 더 나빠져야 얼마나 더 나빠지겠어?'라는 생각이 들어 그냥 되는 대로 살았던 것도 있다.

�֍ 척추측만증, 허리디스크를 부르다

척추측만증 진단을 받고 '될 대로 되라'는 마음으로 10년
쯤 살았다. 그래서였는지 딱 작년 이맘때 허리디스크 증상
이 나타나기 시작했다. 솔직히 그때는 허리디스크 증상이
뭔지도 모르고 반년을 방치했다.

왼쪽 종아리가 무리를 해서 부었다가 부기가 빠지지 않
은 채로 유지되는 것 같은 이물감이 생겼다. 2~3주쯤 뒤엔
자다가 종아리가 아파서 깰 지경이었지만 디스크 증상이 어
떤 건지 몰라서 계속 다른 걸 의심했었다.

'지난달에 허리 쪽에 있는 지방종을 제거해서 그런가?'

'장기간 KTX를 오래 탄 게 불편했나?'

'만보기 숫자를 채우느라 잘못된 자세로 빨리 걸어서?'

허리디스크라고는 꿈에도 생각 못하고 다리가 아플 만한
다른 이유를 찾느라 급급했다. 하지만 어떤 이유도 종아리
이물감과 통증의 명확한 이유가 되지는 못했다. 가을이 되
자 왼쪽 종아리는 바지를 입으면 그냥 하루 내내 느껴질 만

큼 이물감이 심하게 느껴졌고, 겨울이 됐을 땐 부기와 통증이 허벅지까지 타고 올라갔다. 심지어 두통과 어깨통증도 심해졌는데, 이러다 허리도 더 아프게 되는 게 아닐까 두려웠다.

답답한 마음에 인터넷을 검색하다 우연히 나를 괴롭혔던 증상들이 디스크 방사통일 가능성이 높다는 글을 읽었다. 한방병원에서 올린 정보였는데, 나중에 "내가 디스크인 것 같다."고 이야기했을 때 주변에서도 하나같이 인터넷에서 봤던 그 한방병원을 추천했다. 굉장히 유명한 병원인데, 그렇게 유명한 데는 다 이유가 있고, 측만증이 그렇게 심한데 더 이상 망설이면 안 된다며 빨리 가볼 것을 권했다.

그렇게 만난 한방병원은 기대했던 것보다도 만족스러웠다. 안내 데스크부터 의료진까지 모두 친절해 마음이 편안했다. 한방병원이면서도 양방 협진이어서 MRI와 같은 영상 촬영을 할 수 있다는 것도 굉장히 만족스러웠다.

❋ 혹시 마흔에 이미 꼬부랑 할머니가 되는 거 아냐?

한방병원에 가기 전에 2년 전쯤 엑스레이를 찍은 적이 있는데, 척추가 휜 각도가 30도가 넘었다. 그때도 측만증이 심했는데, 허리디스크 증상까지 온 걸 보면 십중팔구 척추가 더 휘었을 거란 생각에 안달복달하면서 내원했다. 원장님은 차분하게 내 몸 상태를 체크하며 치료 방향을 말씀해주셨다.

"측만증 각도가 크다고 해서 무조건 디스크는 아니에요. 우선 치료를 2주 정도 해보고 차도가 없으면 디스크를 염두에 두고 MRI 검사를 해봅시다. 3개월 정도 치료 기간을 잡고 주 2회 간격으로 내원하다가 차츰 좋아지면 1주, 2주, 3주 간격으로 내원하면 될 겁니다."

친절한 설명에 마음이 놓였다. 2주 정도 치료를 받은 후 엑스레이와 MRI 검사를 했는데, 결과는 충격적이었다. 흉부의 휜 각도는 32도, 요추는 16도, 게다가 2년 사이에 일자목과 요추와 천추(엉치 척추뼈) 사이에 디스크까지 진행된 상태였다. 정말 몸 전체가 골고루 재난상황이라 해도 과언이 아니었다.

'내가 지금 20대 후반인데 마흔 넘어서 허리 펴고 살 수 있을까?'

이대로라면 십수 년이 지난 후 허리가 아예 망가져 꼬부랑 할머니가 된다 해도 이상하지 않을 것 같았다. 내 표정에서 근심과 두려움을 읽었는지 원장님은 아주 차분하고 친절하게 치료는 어떻게 하고, 생활습관은 어떻게 하면 된다고 알려주었다. 처음 한방병원에 내원할 때만 해도 숨만 쉬어도 왼쪽 다리에 불편한 게 느껴지고, 바지를 입으면 왼쪽 종아리에 이물감이 느껴졌는데, 어서 빨리 불편함과 이물감이 없었던 이전 상태로 돌아가고 싶었다.

원장님은 더하지도 빼지도 않고 있는 그대로를 설명하는 스타일이었다. 내가 이해할 때까지 천천히 여러 번 설명해주어서 내 몸 상태가 어떻다는 것을 확실히 인지할 수 있었다. 치료를 받으면서 생활습관을 바꾸면 좋아질 수 있다고 격려해주어 더욱 고마웠다. 사실 익숙해진 생활습관을 바꾸기란 쉽지 않다. 아마도 원장님이 병원에 갈 때마다 늘 신경 쓰고 물어봐주지 않았다면 지금껏 허리에 좋지 않은 습관이나 자세를 고치지 못했을 수도 있다.

한방병원을 오가며 치료를 받는 동안 궁금증도 많이 풀렸다. 나는 늘 소화가 안 되고, 가슴이 타는 듯한 증상이 있었다. 당연히 식도염 때문이라 생각했는데, 그 역시 척추가 곧지 못해 나타나는 증상이었다. 원장님이 엑스레이와 MRI를 보며 왜 내가 식도염이라 착각했던 증상이 나타났는지를 설명해주지 않았다면 아직도 몰랐을 것이다. 어쩐지 10년 넘게 식도염 치료를 했어도 낫지 않았던 이유가 있었다.

소화불량 역시 척추가 위장 쪽으로 휘어 나타나는 증상이었다. 휘어진 척추를 뚝딱 펼 수는 없어 한방병원에서 소화를 돕는 '소체환'이란 한약을 주었는데 효과가 좋았다. 계피향이 나는 한약인데, 시중에서 파는 소화제에 비해 몸이 따뜻해지면서 체증이 풀려 큰 도움이 되었다.

측만증과 허리디스크로 한방병원을 찾았지만 원장님은 그것만 치료하는 데 그치지 않았다. 추나치료, 침 치료를 받을 때 다른 곳은 괜찮은데 여전히 아픈 곳이 있다고 하면 꼼꼼히 다시 봐서 디스크 방사통 말고 무릎 슬와근 통증도 잡아서 치료해주었다. 치료를 받다보니 그동안 허리와 다리가 워낙 아파 상대적으로 아픈지도 모르고 살았지만 실제로 좋지 않은 부위도 끈기 있게 치료해 다 고쳐주셨다.

❋ 호전은 그냥 오지 않는다

한방병원을 다니면서 매일 내 몸 상태를 메모했다. 머리 끝부터 발끝까지 안 아픈 데도 별로 없고 증상도 다양했는데, 원장님이 병원에 갈 때마다 매번 차트를 보면서 지난번 치료 이후 증상이 어떻게 달라졌는지 체크했다. 그래서 좀 더 내 상태를 잘 알려드려야 한다는 생각에 메모를 하기 시작했다.

메모를 다시 보니 치료를 시작하고 첫 3주 동안은 오히려 더 아팠다. 추나치료, 일반침, 부항, 신바로약침, 물리치료, 찜질을 받으면서 잘못된 생활습관을 바꾸었는데, 갑작스러운 변화에 온몸이 항의하는 것처럼 고통스러웠다. 하지만 신기하게도 3주가 지나고 4주차에 접어들어 다리에 신바로약침을 맞고 나서부터 드라마틱하게 이물감이 사라지고 큼직한 통증들이 거의 사라졌다.

그 뒤로 두 달은 워낙 안 좋았던 어깨통증과 허리통증, 종아리의 남은 이물감, 생각보다 삐거덕거리는 무릎을 치료하는 과정이었다. 안 좋은 곳이 한두 군데가 아니다보니 침을 맞을 때는 마치 인간 고슴도치처럼 보일 지경이었다. 빽빽하게 꽂혀 있는 침을 빼주면서 간호사님이 "원장님이 이렇게 신경 써주시는데 빨리 나으셔야 하는데……."라고 말하곤 했다. 그 말이 아니라도 원장님이 매번 얼마나 신경 써서 치료해주는지 충분히 느끼고 있었다.

치료 초반에는 목, 어깨 쪽으로는 근육이 너무 경직되어 침이 잘 들어가지도 빠지지도 않았다. 하지만 치료 막바지 때는 침이 잘 꽂히고 잘 빠지는 게 확실하게 느껴졌다. 치료 효과도 너무 만족스러워 나와 똑같이 디스크 증상으로 고생하는 이모와 사촌동생에게 한방병원을 소개해드렸다. 그분들 역시 불편한 증상이 많이 없어졌다고 좋아하셨다.

꾸준히 치료받으면서 원장님이 알려주신 대로 생활습관도 많이 바꾸었다. 척추에는 바닥에 앉아 생활하는 것이 좋지 않다고 해서 머리를 감거나 샤워할 때 서서 하고, 바닥에는 되도록 앉지 않았다. 의자에 앉아서 작업할 때도 50분 앉아 있으면 일어나서 스트레칭으로 허리를 풀어주었다. 수시로 거북목 자세인지를 확인하고 교정하기도 했는데, 이런 노력들 덕분에 목디스크도 많이 좋아졌다.

측만, 잘못된 자세, 디스크 등으로 아픈데도 아픈지 모르고 허리를 방치하고 살았는데, 허리를 누르면 아프다는 걸 병원에서 처음 알았다. 허리 역시 꾸준히 치료하고 풀어준 덕분에 이젠 눌러도 예전처럼 아프지 않다. 오랫동안 자꾸 허벅지로 타고 올라왔던 종아리 이물감과 통증도 많이 줄어들었다.

치료를 받은 지 딱 3개월이 됐을 때는 만성적인 두통, 목과 어깨의 통증이 거의 다 사라져서 혼자서도 관리가 가능한 정도가 되었다. 다리 이물감과 통증은 '이걸 안 느낄 날이 있을까?' 하고 생각했었는데 거의 다 사라졌다. 온몸이 아프다 못해 쪼그라들 것 같았는데, 지금은 언제 아팠나 싶다.

물론 무리를 하거나 잘못된 생활습관이 도지면 다시 아플 때도 있다. 하지만 바로 휴식을 취하고 다시 올바른 자세로 생활하면서 관리하면 금방 진정된다. 20대이면서도 60대보다도 몸이 성치 않았던 내가 드디어 다른 평범한 20대처럼 젊고 건강한 몸을 되찾은 것이다.

건강을 되찾아보니 알겠다. 20대가 얼마나 눈부시게 아름다운 나이인지를. 온갖 통증과 씨름하느라 내가 20대인 줄도 모르고 살았던 지난 시간이 아깝다. 지금부터라도 젊고 화려한 20대의 시간을 마음껏 누리면서 살고 싶다.

3주간의
명현현상이 끝난 후,
모든 것이 달라졌다

- 정복수(70대 초반, 남, 목디스크)

2014년 초여름이었다. 갑자기 왼쪽 팔이 편치 않고 뻐근하며 통증이 간헐적으로 지속되었다. '왜 이러지?' 하면서 자주 팔을 흔들어보고 맨손체조도 해보았으나 신통치 않았다. 예사로운 일이 아닌 것 같아 가족에게 먼저 알리고 친한 지인들에게 조언을 구했다. 지인들은 제각각 침술원, 정형외과, 통증클리닉, 안마센터 등을 알려주었다.

우선 집에서 제일 가까운 정형외과에서 1주 정도 물리치료를 받았다. 별로 효과가 없어 통증클리닉으로 옮겨 2주 정도 치료를 받았지만 상태는 나아지지 않았다. 침술원에서도 일주일 정도 침을 맞았으나 차도가 없었다.

한 달 가까이 이런저런 치료를 받았는데도 낫지 않으니 불안해졌다. 왜 그런지 정확하게 알고 싶어 신경치료센터에 가니 엑스레이 검사를 했다. 하지만 엑스레이상으로는 정확하게 알 수가 없다며 ○○영상센터에서 MRI 검사를 할 것을 권했다.

MRI 검사 결과 목디스크가 심각하다며 목디스크를 잘 치료하는 한 병원을 소개해줬다. 급한 마음에 늦은 오후였음에도 소개해준 병원을 찾았고, 다행히 진료를 받을 수 있었다. 그 병원 원장님은 MRI 영상을 보더니 "내일 당장 수술해야 한다."며 입원하라고 해서 놀랐다.

"갑작스럽게 수술을 해야 한다고 하니 정신이 없네요. 며칠만 시간을 주세요."

얼마나 심각하면 당장 내일 수술해야 한다고 말할까 싶으면서도 너무 급작스러워 수술을 미루고 집으로 갔다. 가족들에게 상황을 설명하고 지인들에게도 조언을 구했다. 하루 정도 지난 후 한 지인에게서 연락이 왔는데, 수술을 하지 않고도 완치할 수 있는 병원이 있다고 했다. 그 병원이 바로 ㅈ한방병원이다.

다음 날 그동안 치료했던 기록과 MRI 사진을 들고 한방병원을 찾아갔다. 예진을 거쳐서 담당원장님 면담을 했는데, 자세히 확인해보더니 "제가 완치시켜보겠다."며 호언장담했다. 그 말에 안심이 되어 입원하기로 결정했다.

드디어 2014년 8월 1일 오후, 한방병원에 입원하고 치료에 들어갔다. 마음이 편해져서 그런지 그동안 나를 괴롭혔던 통증이 조금은 가라앉는 듯했다. 하지만 입원한 지 3주 동안 정말 고통스러웠다. 오전 일찍 회진하는 원장님을 붙잡고 "어젯밤에 통증이 심했다."며 마치 어린아이처럼 고통을 하소연했다. 매일 침을 맞고, 부항을 뜨고, 신바로한약을 먹었는데 정말 하루하루가 너무 힘들었다.

70년을 조금 넘게 살면서 병원에 입원한 것은 그때가 처음이었다. 1968년도에 장티푸스로 3개월 동안 집에서 치료한 적은 있으나 이번처럼 통증이 심하지는 않았다. 그때는 젊어서 그런 건지, 세월이 지나 기억이 희미해져서 그런 건지는 몰라도 이렇게 하루하루 견디기 힘들 정도로 아프지는 않았던 것 같다.

통증은 밤이 되면 더 심해졌다. 낮에는 아파도 그런 대로 견딜 만했지만 밤이 되면 도저히 참기가 힘들었다. 너무 통증이 심해져 옆 환우들은 모두 잠을 자는데, 나 혼자 잠을 못 자 간호사를 불러서 진통제를 맞고 겨우 잠들곤 했다. 다른 환우들은 치료 잘 받고 잠도 잘 자고 밥도 잘 먹고 퇴원도 잘들 하는데 나는 왜 이렇게 아프고 짜증 나는지 정말 힘들었다. 지극정성으로 치료해주는 원장님, 주치의, 간호사에게 미안한 마음도 컸다.

그럴 때마다 마음을 다잡았다. 수년 전에 수술한 환자들이 재발해 한방병원에 입원해 치료받고 완쾌되었다는 사연을 듣고 결심했다.

'그래, 이제 겨우 2~3주 치료받고 완쾌된다는 게 말이 되나! 몇 개월도 좋으니 완쾌될 때까지 꾸준히 치료받자. 참고 견뎌내자.'

신기하게도 3주까지는 명현현상 때문인지 고통이 심하더니, 4주차에 접어들면서 호전되기 시작했다. 조금씩 주간에는 통증이 없어지고 팔이 부드럽게 되면서 야간에만 간헐적으로 통증이 나타났다. 40일째 되는 날부터는 통증이 사라지기 시작했고, 팔을 마음대로 움직일 수 있었다. 행동도 자유로워졌다. 이 정도면 퇴원해서 통원치료를 받아도 될 것 같아 원장님께 건의했다.

이후 약 2개월 동안 주 1회 통원치료를 했다. 신바로한약은 3개월치를 주문해 남은 한 봉까지 열심히 복용했다. 덕분에 지금은 완전히 건강을 되찾았다. 하지만 혹시라도 반갑지 않은 목디스크가 재발하지 않도록 꾸준히 운동하며 관리 중이다.

부실한
산후조리가 남긴
지독한 후유증

- 김소정(70대 초반, 여, 허리디스크)

1972년 겨울은 유난히 추웠다.

50년 만에 찾아온 추위라고 했다. 그 추운 겨울 첫 딸을 출산했다. 첫 아이 출산은 다 힘들다지만 오후 3시부터 시작된 진통은 5시간이 지나도 끝나지 않았고, 아이는 세상 밖으로 나올 기미조차 없었다.

친정아버지는 걱정스러워 친구 내외를 부르셨다. 친정집이 남한산성에 있었는데, 그때만 해도 교통편이 좋지 않아 그분들 도움으로 간신히 밤 9시에 병원에 도착할 수 있었다. 진통은 점점 더 심해졌다. 배도 아팠지만 허리가 점점 더 아파져 갔다. 마치 엉덩이가 빠질 것처럼 허리가 끊어질 듯 아파 두 손을 허리 밑에 받치고 고통을 참았다. 밤새도록 모진 진통을 겪고 그다음 날 새벽 5시에 드디어 첫딸을 출산했다. 14시간의 극심한 진통 끝에 아이를 낳고 나는 기절했다.

❋ 출산 7일만의 외출

잠시 혼절했다가 정신을 차려보니 뭔가 이상했다. 아기 울음소리가 들리지 않았다. 너무 조용했다. 누워서 고개를 들어보니 의사의 손에 거꾸로 매달린 아기의 두 발이 새파랗게 질려 있었다. 의사선생님은 당황한 목소리로 "물! 물!"을 외쳤고, 연신 입으로 물을 수차례 뿜고 난 후에야 아이는 '켁' 하고 울기 시작했다.

진통 때부터 아프기 시작한 허리는 아기를 낳은 후에도 여전히 아팠다. 일주일이 지나도 출산의 후유증은 채 가시지 않았다. 그런 상태에서 시어머니 환갑이 내일 모레라 남편과 나는 아이를 안고 시댁으로 출발했다.

"애 낳은 지 일주일도 안 됐는데……."

친정어머니는 추운 겨울에 몸도 추스르지 못한 딸이 먼 길을 떠나는 게 안타까워 혼자 중얼거리셨다. 친정어머니의 걱정 어린 목소리를 뒤로하고 호출한 택시를 타고 시댁을 향했다. 그런데 택시가 너무 빨리 달리다 개울에 빠졌고, 나는 택시를 끌어올리는 동안 아기를 안고 매서운 겨울바람을 맞으며 석고상처럼 굳어버렸다. 차를 다시 타려는데 너무 얼어 한 발자국도 옮길 수가 없었다.

그때는 몰랐다. 그 일이 화근이 되어 내가 60세가 될 때까지 누워 사는 신세가 될 줄은. 아침에 일어나려면 간신히 상체를 세우고 한참이 지나야 겨우 일어날 수 있었다. 몸을 채 세우기도 전에 뒷목에서부터 뼈 마디마디가 하나씩 쏟아지는 통증을 견뎌야 했다. 통증이 심하면 5분여 동안 꼼짝달싹 못하고 숨도 쉬지 못했다.

밥을 해먹는 일도 쉽지 않았다. 고작 두 식구 밥 하는데 허리는 끊어질 듯 아팠다. 겨우 상을 차려 밥을 먹으려면 무릎을 세워 상체를 기댄 채 먹어야 했는데, 그나마도 허리가 아파 밥 한 그릇을 다 못 먹고 쓰러져 눕기 일쑤였다.

손님이 와도 3초를 못 버티고 그냥 쪼그린 채 주저앉아야만 했다. 그 순간에도 허리는 아프고 2초만 서 있으면 오른쪽 무릎에 마비가 왔다. 앉으나 서나 허리는 계속 끊어지는 듯 아팠다. 그렇게 14년의 세월을 고통 속에 살았다. 남편을 붙잡고 혼자서는 무서워서 갈 수 없으니 병원에 데려가달라고 해도 묵묵부답이었다. 시어머니는 "둘째를 낳고 몸조리 잘하면 낫는다."며 참으라고 했다.

❋ 수술 대신 한방병원으로

그렇게 허리가 아파 고생했음에도 1988년이 되어서야 병원을 다니기 시작했다. 여러 병원을 다녔는데 모두가 수술해야 한다고 했다. 마지막으로 찾은 병원은 허리디스크 명의로 소문난 박사님이 계신 병원이었다.

"지금 수술하지 않으면 5년 안에 앉은뱅이가 될 수 있습니다. 수술하면 80%는 좋아집니다."

박사님 역시 수술을 권했다. 당시 수술 비용은 500만 원 정도였던 것으로 기억한다. 나는 할까 말까 고민에 빠졌고, 남편은 병원에서 수술하라고 하면 해야 한다며 수술비를 계산하러 갔다. 서 있기도 힘들어 로비에 쪼그리고 앉아 있는데, 한 여인이 정신없이 병원에 들어서는 모습이 보였다. 정신이 반쯤 나간 채 허둥지둥 무언가를 찾는 눈치여서 조금이라도 도움이 될까 싶어 아픈 허리를 붙잡고 간신히 일어나 물었다.

"왜 그러세요?"

"우리 남편이 여기서 디스크 수술을 받았는데 하반신 마비가 왔어요."

바로 뒤이어 남편이 구급차에 실려 왔다. 그 모습을 보니 수술에 대한 두려움이 더 커졌다. 결국 수술을 하지 않기로 마음먹었다. 자칫 수술이 잘못돼 하반신이 마비되는 것보다는 허리가 아픈 게 낫다. 수술을 받더라도 15년 후, 20년 후쯤 지금보다 의술이 많이 발달했을 때 받는 게 안전하다고 생각해 수술비를 결제하던 남편을 말려 집으로 돌아왔다.

그 뒤로 나는 한방을 찾아 나섰다. 허리를 잘 치료하는 한의원을 수소문한 끝에 ㅈ한방병원을 소개받았다. ㅈ한방병원 신바로한약이 듣기는 잘 듣는데 좀 비싸다고 했지만 문제가 되지 않았다. 때맞춰 TV에서는 그 한방병원 대표원장님인 신 박사님이 출연해 어떻게 한방으로 허리를 치료할 수 있는지를 소개하고 있었다. 운명 같은 느낌이 들었다.

다음 날 바로 한방병원을 찾아 박사님의 진료를 받았다. 언제나 그랬지만 그때도 허리가 아파 쪼그리고 앉아 그동안 아팠던 이야기를 하소연하듯 했다.

"일단 약을 드셔 보세요."

양방병원에서 내린 진단은 허리디스크, 척추관협착증이었다. 그런데 약만 먹어도 나을까 싶었다. 또한 몸이 너무 안 좋아 보약도 함께 먹고 싶다고 했지만 박사님은 자신 있게, 단호하게 말씀하셨다.

"처음부터 보약은 안 드립니다. 일단 신경을 튼튼하게 해주면 자연히 튀어나온 디스크를 밀어주어 허리가 덜 아플 겁니다. 보약은 나중에 드립니다."

왠지 믿음직스러웠다. 신바로한약은 20일분씩만 지어준다고 했다. 더 지어달라고 하니까 일단 먹어보고 20일 후에 보자고 하셨다. 나중에 알고 보니 20일 먹어본 후 몸 상태를 보고 그에 맞는 한약을 짓기 위해서였다.

집에 와서 약을 먹어보니 약이 맑은 느낌이었다. 다른 데선 약이 재탕한 것처럼 탁한데 깔끔한 느낌이었다. 20일치 약을 다 먹어가면서 갈등이 생겼다. 생각만큼 효과가 느껴지지 않았기 때문이다. 그런데 19일째 되는 날 아침, 순간적으로 허리에 힘이 느껴졌다. 그때부터 나는 묻지도 따지지도 않고 약을 더 복용하기로 마음먹었다.

한방병원도 열심히 다녔다. 주로 전철을 타고 다녔는데,

자리가 없을 때는 바닥에 쪼그리고 앉아 있거나 힘들면 일어나 양손 모두 손잡이를 잡고 눌려 있던 허리를 펴주었다. 자리가 나면 신발을 벗고 무릎을 꿇고 앉아 있었다. 365일 누가 내 발목을 꼭 쥐고 있는 것처럼 많이 시리거나 뜨거워 고통스러웠는데, 무릎을 꿇고 엉덩이로 뻗은 발목을 눌러주면 시원해지면서 통증이 사라졌다. 하지만 이 평범하지 않은 자세로 사람들의 시선이 모두 내게 꽂히곤 했다.

❉ 사랑은 휠체어를 타고

어느 날 그이가 책 한 권을 사다 내민다. 〈사랑은 휠체어를 타고〉라는 책으로 이명성 4성 장군의 수기를 담은 책이었다.

허리디스크를 앓는 사람은 어느 날 갑자기 무릎이 팍 꺾인다. 나도 버스 타다가 그랬다. 장군의 부인은 싱크대에서 설거지하다 무릎이 팍 구부러졌고 서울에서 수술을 받았다. 그런데 불행히도 요실금 신경을 건드려 손님 앞에서도 소변이 나오는 것을 의식하지 못했다. 병을 고치려고 미국에 가서 치료를 받았지만 하반신이 마비되었고, 설상가상으로 일

본에서 수술을 받고 상반신마저 마비되었다. 세 번의 수술로 목과 머리만 간신히 움직일 수 있게 된 부인. 그런 부인을 장군은 휠체어를 태워 아이쇼핑을 할 수 있게 해주기도 했다.

나는 이 책을 읽으며 얼마나 울었는지 모른다. 그 여인이 너무 불쌍했다. 사랑하는 남편이 재빨리 수술시킨 게 잘못일까? 그렇다면 14년 동안 내가 그렇게 아파도 병원 한 번 안 데려간 남편이 잘한 것일까? 이런저런 생각에 내 설움과 장군의 부인 설움이 더해져 한없이 울었다.

다음 날은 남편이 운전 교본을 사다 주었다. 내가 할 수 있는 건 엎드려 책 보는 것밖엔 없었다. 그래도 천운으로 1989년도에 필기시험과 실기시험에 모두 합격해 면허증을 땄다. 주행연습이 끝나갈 때 남편에게서 전화가 왔다.

"여보, 택시 타고 빨리 강서구 공장으로 와, 빨리. 포항에서 따끈따끈한 차가 올라와 당신을 기다리고 있어."

기껏해야 소형차겠지 생각하며 가보니 남편 공장 마당에 청록색의 캐피탈이 햇빛 속에 빛나고 있었다. 운전석 차량 거치대에는 커다란 이동식 핸드폰이 꽂혀 있었다. 당시 핸드폰은 200만 원이라는 엄청난 거금을 주어야 살 수 있는 사치품이었다. 남편은 내가 걷지도, 나가지도 못하니까 자동차와 핸드폰을 선물한 것이다. 무심한 듯하면서도 오랫동안 허리가 아파 고생하는 나를 배려하는 남편의 마음이 고스란히 전해졌다.

✽ 서서히 일상 속으로 들어가다

한방병원을 꾸준하게 다니며 치료를 받으면서 점점 허리가 안정되었다. 제법 허리에 힘이 붙을 즈음 친구가 허리에 도움이 될 것 같다며 고전무용을 권했다. 처음에는 자신이 없어 누워서 구경만 했다. 그러다 조금씩 고전무용을 배우기 시작했지만 배우다 쉬다를 반복해야 했다.

허리가 더 좋아지면서부터는 고전무용에 경기민요도 곁들여 공연하는 봉사단(안양금빛봉사예술단)에 가입했다. 처음엔 힘들었다. 고전무용을 할 때는 허리가 아파도 얼굴은 미소를 지어야 해서 억지로 참았다. 그러다 공연이 끝나면 무대 뒤에 와서 허리를 부여잡고 통증을 달랬다.

공연은 힘들었지만 봉사를 하는 동안은 즐거웠다. 300여 차례 무료 공연을 했는데, 공연하는 동안 억지로라도 웃으니 통증이 덜했다.

밭에서 일도 할 수 있게 되었다. 한방병원 박사님은 '505' 법칙을 강조했는데, 이는 50분 앉아 있었으면 5분은 쉬어주어야 한다는 것이다. 505 법칙을 밭에서 일할 때도 그대로 실천했다. 한참 쪼그리고 일하다가 힘들면 저쪽 밭으로 건너갔다. 이 밭에서 저 밭으로 가는 시간을 5분 정도로 잡고, 걸어가면서 쉰 것이다. 저 밭에서 일하다 힘들면 다시 이 밭으로 옮기며 일을 했다.

밭일을 하다 누군가가 아기가 운다고 하면 집으로 뛰어갔다. 집이 길가에 있어 아기 울음소리가 들렸다. 집에 가면 무릎을 세우고 깍지를 낀 두 손으로 무릎을 감싸 안고 허리를 당겨주면서 굳은 허리를 풀었다. 아니면 벽에 엉덩이를 바짝 대고 벽 위로 발을 뻗어 니은자(ㄴ)를 만들고 발뒤꿈치로 벽을 두드리고 잠시 쉬었다 또 밭으로 갔다. 그러면서 허리가 점점 더 좋아졌다.

지금은 모든 것이 좋다. 전답이 1500평인데, 이 밭에서 저 밭으로 훨훨 날아다니며 농사를 짓는다. 밭마다 풍성하게 자라는 온갖 채소들과 대화를 하다 보면 마음까지 즐거워진다. 횡단보도를 건널 때도 보통 두세 번은 쪼그리고 앉아 잠깐이라도 쉬어야 했는데, 지금은 한 번도 안 쉬고 곧장 갈 수 있다.

　누워만 있던 내가 이렇게 사람 구실을 하게 될 줄은 몰랐다. 아침 7시부터 저녁 7시 30분까지 일해도 지치지 않는다. 너무 고마워 박사님께 큰절을 올리겠다며 울었던 적도 있다. 박사님은 내 평생의 은인이다.

최적의 한방·양방 협진과 치료로 지독한 고통이 끝나다

- 정선희(50대 중반, 여, 석회화건염 / 고관절 통증 / 목 통증 / 추간판탈출증)

'엎친 데 덮친 격'이라는 말이 있다.
지난여름이 나에게 딱 그랬다. 50세가 넘어가면서 여기저기
아프기 시작하더니 지난여름에는 목과 등, 어깨가 동시에
비명을 질러댔다. 그 와중에 날씨는 왜 그리 덥고 습한지.
너무 아파서 20~30분도 서 있거나 앉아 있을 수가 없었다.
그 정도로 힘들었다.

어느 병원에 갈까 인터넷 검색을 한 끝에 ㅈ한방병원에
가기로 결정했다. 워낙 겁이 많은데 정형외과나 종합병원에
가면 수술하라고 할까봐 무서웠다. 그래서 검색하기 전부터
한방병원에 관심이 많았는데, ㅈ한방병원만의 약침과 신경

근회복술, 동작침의 사례를 보고 완전히 마음을 굳혔다.

목과 어깨가 아픈 것은 어깨 석회화건염 때문이었다. 한 방병원에서 약침 치료와 추나치료를 받고 3일째 되던 날, 목과 어깨가 한결 부드러워졌다. 불과 3일 만에 증상이 호전되자 원장님에 대한 신뢰가 생겨 허리와 무릎까지 진료를 받고 싶어 다른 양방병원에서 찍었던 영상자료를 가져와 접수했다. 목과 어깨가 워낙 아파 목과 어깨부터 치료를 받았지만 예전부터 허리와 무릎도 계속 불편했었기 때문이다.

치료를 받는 중에 평소 양반다리가 힘들었던 고관절까지 아프기 시작하여 입원치료를 받기로 했다. 그런데 입원실이 없어 대기해야 한다는 말을 듣고 놀랐다. 입원은 생전 처음 하는 것이어서 너무 몰랐던 것이다. 기다리다 입원하여 입원환자는 의무로 하는 흉부 엑스레이 검사, 혈액검사를 했는데 예상치도 못한 일이 벌어졌다.

"혈액검사 결과 혈소판 수치가 높아 재검을 해야 할 것 같아요."

"예?"

혈액검사는 그저 형식적으로 하는 것이라 생각했는데 재검이라니 가슴이 쿵 내려앉았다. 재검 결과 혈소판 수치가

10만 이상 더 높아졌다고 빨리 대학병원에 가야 한다며 한방병원에서 인근 병원 예약시간을 알아봐주고 예약까지 친절하게 안내해주었다.

원장님, 주치의 한의사님, 간호사님들은 각별하게 나를 신경 써주었다. 다른 병원에 갈 때마다 "잘 다녀오라."고 격려했고, 갔다 온 후에는 "검사는 잘 받았는지, 결과는 어떤지, 어떤 약을 먹는지, 약을 먹고 증상은 어떤지" 세심하게 묻고 챙겨주었다.

혈소판 수치가 그렇게 높아진 원인은 알 수 없었다. 원인불명일 때는 '본태성'이라는 이름이 붙는 모양이다. 내 병명은 '본태성 혈소판 증가증'이었다. 이 병은 한방병원에서는 치료하기가 어려워 나는 한방병원에서는 통증 치료를, 양방병원에서는 혈소판 증가증 치료를 받았다.

올 여름은 정말 지독히도 힘들었다. 추간판탈출로 인한 허리통증, 고관절 통증, 어깨 석회성 힘줄염으로 목과 어깨의 통증까지 온몸이 성한 데가 없었는데 혈액까지 말썽이어서 몸과 마음이 정말 힘들었다.

"이렇게 아픈 데가 많은데 대체 어디서부터 치료를 하나요?"

몸과 마음이 너무 힘들어 원장님께 투정을 부리듯이 말하기도 했다. 그럴 때마다 원장님은 아프다는 부위에 정성껏 약침과 침을 놓아주며 "좋아질 거예요."라고 따뜻하게 말해주었다. 밤에도 병실로 찾아와 웃으면서 침을 놓아주었다.

원장님뿐만 아니라 주치의 선생님과 간호사님들 모두 싫은 기색 한 번 없이 끝도 없이 통증을 호소하는 내 칭얼거림과 하소연을 다 들어주었다. 그분들 덕분에 길고도 긴 고통의 터널을 빠져나올 수 있었다.

의료진 모두가 하나가 되어 내 상태에 맞는 치료를 해주어 정말 큰 효과를 보았다. 지금은 틀어졌던 고관절이 교정되고, 목과 허리의 통증이 호전되었다. 수술이 무서워 한방병원을 택했지만 참으로 잘한 선택이라 생각한다.

터널 안에 있을 때는 그 터널의 끝이 있을 거란 생각이 들지 않는다. 언제까지나 고통이 계속될 것만 같다. 하지만 어떤 터널이든 분명 끝이 있다. 그 무섭고 긴 터널을 함께 걸어주고, 터널 밖으로 인도해준 한방병원 의료진이 없었다면 어쩌면 나는 아직도 터널 한가운데에서 어디로 가야 할지 모른 채 점점 더 절망에 깊이 빠졌을지도 모른다. 그분들 덕분에 무사히 긴 터널을 지나 오늘의 일상을 살 수 있게 된 것에 감사한다.

나을 수 있을까? 걱정은 확신으로 끝나다

- 임다혜(20대 중반, 여, 허리디스크)

내 나이 만 21세.

젊다는 말보다 어리다는 말이 더 어울리는 나이다. 하지만 나이만 어릴 뿐, 내 허리는 중년을 넘어 할머니 허리라고 해도 무방할 정도로 좋지 않았다.

중학교 때 계단에서 굴러 떨어진 적이 있다. 다행히 어디가 부러지거나 크게 다치지는 않았는데 허리에 큰 충격이 있었는지 이후부터 걸핏하면 허리가 아팠다. 그런 데다 무리한 다이어트로 체중이 20~30킬로씩이나 빠졌다가 다시 찌기를 반복하면서 허리는 더 안 좋아졌다.

처음에는 물리치료를 일주일가량 받고 쉬면 낫는 정도의

통증이었지만 시간이 지나면 지날수록 통증은 더 심해졌다. 원래는 잘 때 똑바로 천장을 보고 누운 자세로 잤는데, 언제부터인가 허리통증으로 똑바로 잘 수가 없었다. 옆으로 누워 새우처럼 등을 말고 자면 그나마 통증이 덜해 새우잠을 자는 게 습관이 되었다.

잠을 편히 자지 못하니 아침에는 쉽게 일어나기도 힘들었다. 일부러 알람을 20분 정도 일찍 맞추어 놓고 한참을 끙끙대야 겨우 일어날 수 있었다. 허리를 숙여 머리를 감는 것조차 힘들어 아침부터 샤워를 했고, 학교가 멀어 왕복 4시간이나 걸리는 통학 길은 다리가 후들거려도 앉지 못하고 계속 서 있어야 했다. 앉으면 허리가 더 아팠기 때문이다.

학교 수업을 듣기도 어려웠다. 앉아서 수업을 듣다 보면 통증이 심해져 강의실을 나가 스트레칭을 하는 것이 일상이 되었다.

다른 사람은 앉는 게 편하다는데, 나는 앉는 게 두려울 때가 많았다. 그럼에도 당시에는 '좀 있으면 낫겠지, 어리니까 괜찮겠지'라고 생각하며 큰 병원에 가볼 생각은 하지 않았다.

🌸 수술 직전에 만난 사막의 오아시스

미련하게 아파도 참으면서 몇 개월을 버티다 보니 허리는 왼쪽으로 심하게 휘어버렸다. 걷는 것조차 힘들어 길을 걸어가다 쉬다가를 반복하게 되자 겁이 더럭 났다. 더는 그냥 두면 안 되겠다는 생각에 부랴부랴 정형외과를 찾았다.

MRI 검사 결과는 참담했다. 요추 3~4번, 4~5번, 5~6번 세 군데나 디스크가 터져 있었다. 3번과 4번 사이 디스크는 조금 밀린 정도였으나 4~5번, 5~6번은 이미 터져서 수액이 빠진 상태였다. 특히 요추 4~5번은 심각할 정도로 많이 눌려 있었다.

정형외과에서는 신경차단술을 권했고 바로 치료에 들어갔다. 일주일에 한 번씩 치료를 진행하고 매번 진통제를 처방해주었다. 매번 시술 후 2~3일 정도 지나면 다시 통증이 올라왔고 네 차례의 신경차단술을 한 후 정형외과에서는 고주파 시술을 권했다. 시술 비용이 너무 비싸고 시술에 대한 불신이 생겨서 '이럴 거면 차라리 수술을 하는 게 낫겠다'는 생각도 했다. 하지만 만 21살은 수술을 하기엔 너무 어린 나이이기도 하고 수술이 무서웠다. 들리는 말에 의하면 재발

위험도 크다고 해서 다른 방법을 찾던 중 한방병원을 알게 되었다.

원래 나는 침을 맞거나 한약 먹는 걸 정말 싫어해서 한의원에 가본 적도 없다. 그런 내가 한방병원을 내 발로 찾아간 것은 그만큼 절박하게 수술하지 않고 허리를 치료할 수 있기를 원했기 때문이다. 나에게 한방병원은 마지막 보루 같은 곳이었다.

"아마 MRI보다는 더 디스크가 밀려 있을 거예요. 수술하기 바로 전 단계라고 보시면 됩니다. 그래도 수술하기엔 너무 어리고, 다리에 힘이 빠질 정도는 아니니 아직 희망이 있어요."

매번 수술해야 된다는 이야기만 들어 우울하게 살던 내게 한방병원 원장님의 말은 사막의 오아시스와도 같았다. 하지만 당시 학교에 다니던 중이라 바로 입원하기는 어려웠다. 그래서 한 달 반 정도 외래진료를 받고, 2016년 12월 26일에 입원했다.

사실 당시 무척 우울했다. 어린 나이에 허리는 왼쪽으로, 상체는 오른쪽으로 휘어 누가 봐도 불균형인 상태이기도 했고, 과연 얼마나 치료가 될까 하는 걱정도 컸다. 하지만 의

기소침해하는 내게 병원 선생님들 모두 나을 수 있다는 희망과 확신을 주어서 열심히 해보자고 다짐했다. 입원해 있는 동안 하루하루 치료를 받고 배운 운동이나 스트레칭을 반복하면서 열심히 노력했다.

노력은 배신하지 않는다고 하더니 정말 그랬다. 들어올 때는 차렷 자세나 엎드린 자세, 왼쪽으로 눕는 것을 아예 못해 오른쪽으로만 누워 있었다. 오른쪽으로 누워도 왼쪽 종아리부터 발목까지 통증이 정말 심했다. 그랬던 내가 입원한 지 2주 정도 되면서 차렷 자세로 도수치료를 받을 수 있었다. 한 달 정도 되었을 때는 추나치료도 받을 수 있을 정도로 호전되었다. 추나치료를 받을 때 통증이 살짝 올라오기도 했지만 입원 전 나를 괴롭혔던 통증에 비하면 아무것도 아니었다.

입원 두 달이 다 될 즈음부터는 편하진 않아도 모든 자세를 할 수 있게 되었고, 종아리와 발목에 아린 듯한 통증 정도만 남았다. 병원에 들어올 때는 왼쪽 다리가 아프면서 힘이 들어가지 않아서 허리는 왼쪽으로, 상체는 오른쪽으로 쏠려 있는 상태였는데, 추나요법으로 많이 교정되었다. 입원 전에 비하면 정말 허리도 많이 펴지고 자세도 좋아졌다.

입원치료를 받으면서 매일 먹던 양약 진통제도 끊었다. 처음 입원해 약 한 달 동안은 신바로한약과 양약 진통제를 같이 먹었다. 진통제를 먹지 않았던 날도 두 번 있었는데, 통증이 다시 올라와 진통제를 처방받기도 했다.

하지만 입원한 지 두 달이 지난 2월 중순부터는 양약 진통제를 먹지 않아도 아프지 않았다. 파스와도 작별했다. 허리가 쑤시고 아파 파스를 처방받아 붙이거나 발랐는데, 입원하고 한 달 이후부터는 파스 없이도 견딜 수 있을 정도로 호전되었다.

마지막까지 나를 괴롭혔던 통증이 야간통증과 아침통증이었다. 한방치료를 받으면서 낮에는 거의 통증을 느끼지 못했는데 아침과 밤에는 숨어 있던 통증이 올라왔다. 하지만 이 또한 2월 중순경부터 조금씩 잡히기 시작했고, 지금은 야간에 잔잔한 정도의 통증만 남아 있다. 자다 아파서 깨는 일은 없어졌다. 아침통증은 침대에서 일어날 때 힘들 정도였는데 이제는 일어나는 것도 수월하고 통증이 있어도 조금 걸어주면 풀어지는 정도가 되었다.

❋ 고마운 분들이 너무 많다

'정말 나을 수 있을까?' 걱정했던 것이 민망할 정도로 두 달 정도 입원하면서 정말 많이 좋아졌다. 더 이상 입원하지 않고 통원치료를 해도 될 정도로 호전돼 3월 1일 퇴원했다. 결코 짧지 않은 두 달이었지만 입원해 있는 내내 행복했다.

원장님은 언제나 인자한 미소로 진료실에 오는 나를 반겨주셨다. 진료를 받을 때마다 원장님이 얼마나 나를 걱정해주는지 느낄 수 있었다. 때론 너무 우울해 투정을 부리기도 했는데, 늘 잘 받아주셨다.

주치의 선생님도 참 고마운 분이다. 선생님이 놓는 침은 진짜 톡 찌르고 쑥 들어가서 손에 식은땀이 날 정도로 긴장되었지만 그래도 효과 만점이라서 정말 좋았다. 침을 놓기 전에 매번 힘 빼라고 했는데, 사실 힘은 안 빠졌지만 선생님의 그 말이 심리적으로 안정을 주었던 것 같다.

한방병원의 양방원장님도 너무 감사하다. 아픈 부분을 정확히 짚어주고 제대로 치료해주셔서 많이 아프다가도 치료를 받고 나면 바로 안 아파서 신기했다. 매번 치료과정을 잘 설명해주어서 더욱 신뢰가 갔다.

도수치료를 해주셨던 선생님에게도 감사를 전한다. 매번 친근하게 대해주고 좋은 기운을 주셔서 치료를 받을 때마다 즐거운 에너지를 얻을 수 있었다. 가끔 근육이 너무 뭉친 부분을 풀 땐 식은땀이 날 것같이 힘들기도 했지만 그렇게 근육을 풀어주면 확실히 통증이 많이 줄었다.

내가 입원했던 5병동 간호사 선생님들도 나를 무척 예뻐해 주셨다. 5병동 마스코트로 활동하게 도와주고, 아침마다 증상을 물어봐주시고 약도 꼬박꼬박 잘 챙겨주셨다. 5병동 마스코트답게 입원해 있는 동안 나름 환경미화를 했다. 병동에 예쁜 엽서를 붙여두었는데, 퇴원 후에도 계절이 바뀔 때마다 병동에 좋은 글귀가 적힌 예쁜 엽서를 붙이고 싶다.

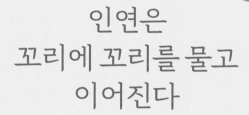

chapter 4

인연은
꼬리에 꼬리를 물고
이어진다

강원도
영월에서
다시 볼 수 있을까?

- 김학실(60대 후반, 여, 허리디스크)

　　　　　　　　　　　　　　강원도 영월에 사는 나는
2005년 요양보호사 1급 자격증을 딴 후 지방에 있는 요양
병원에서 6~7년가량 어르신들을 돌보는 일을 했다. 거동이
불편한 어르신들의 손발이 되어드리는 일은 쉽지 않다. 게
다가 2교대로 주로 밤에 일을 많이 하다 보니 몸이 고됐지만
어르신들에게 도움이 된다는 것이 기뻐 열심히 일했다.

　　하지만 언제부터인가 허리가 아프기 시작했다. 아파도
일을 멈출 수가 없어 동네 정형외과에서 주사 맞고 약 먹으
면서 버텼다. 그럼에도 통증은 날로 더 심해졌고, 결국 더
이상 요양병원에서 일할 수가 없어 퇴사했다.

퇴사 후에는 방문요양센터에서 방문 요양사로 일했다. 도움이 필요한 어르신들 집에 방문해서 씻겨드리고, 밥도 챙겨드리고, 청소도 하는 일을 하루에 4~6시간 정도씩 했다. 요양병원에서 일할 때보다 적은 시간을 일하는데도 허리는 점점 더 아파왔고, 급기야 어느 날은 왼쪽 다리에 마비가 와서 걸을 수 없는 지경에 이르렀다.

"엄마, 서울에 있는 ㅈ병원이 좋대. 그 병원에 꼭 가보세요."

당진에 사는 딸이 〈○○의 봄날〉이라는 TV 프로그램을 보고 한 병원을 소개해주었다. 딸 말로는 나와 똑같은 증상으로 고생하던 분이 그 병원에서 치료받고 건강해졌다고 했다.

ㅈ병원에 갔더니 MRI 검사를 하라고 했다. 의사 선생님은 척추 두 군데에서 디스크 소견이 보이지만 수술할 단계는 아니니 시술부터 해보자고 했다. 오랫동안 허리가 아팠던 터라 오래 고민하지 않았다. 입원해서 시술 먼저 받았고, 별다른 차도가 없어 수술까지 받았다.

그런데 수술까지 했는데 어찌 된 일인지 수술 전에는 아프지 않던 넓적다리(대퇴부)가 아팠다. 특히 넓적다리가 바닥에 닿으면 이루 말할 수 없는 통증이 생겨 견디기 힘들었다. 그렇게 아픈데도 병원에서는 진통제만 처방해주었다.

"왼쪽 다리가 저려서 수술을 한 건데 왜 넓적다리가 아픈 거죠?"

"수술 후에 그럴 수 있습니다. 시간이 지나면 좋아질 거예요."

의사 선생님의 말만 믿고 퇴원했다. 시술과 수술을 받고 퇴원하기까지 보름 정도 걸렸다. 퇴원 후 영월에서 서울로 치료를 받으러 다녔다. 한 달에 3~4번씩 1년 넘게 다녔지만 호전이 없었다. 오히려 통증이 더 심해져 ㅈ병원에 가서 한바탕했다.

"해도 해도 너무하지 않습니까? 난 더 이상 이 병원 믿을 수가 없습니다."

그 이후로 다시는 그 병원에 가지 않았다. 그렇게 1년 넘게 통증과 씨름하던 중 또 다른 시련이 찾아왔다. 어느 날부터인가 남편이 살이 계속 빠지면서 건강이 안 좋아져 병원에서 검사를 받았더니 신장암 3기라고 했다. 하늘이 노래졌지만 마음을 다잡았다.

남편은 성모병원에서 수술하고 5일 만에 퇴원하고 영월

의료원에 입원해 치료받았다. 천만다행으로 전이는 없었다. 나도 허리가 너무 아프지만 암 수술한 남편 병간호를 직접 다 했다. 내 몸 건사하기도 힘든데 남편 병간호를 하려니 허리는 물론 넓적다리가 너무 아파 고생하는 나를 보고, 지인이 한방병원을 소개해주었다.

"유명한 ㅈ병원에서도 못 고쳤는데, 한방병원에서 침 맞고 한약 먹는다고 낫겠어?"

솔직히 처음에는 의구심이 들었다. 하지만 수술을 또 하기는 더 싫어 강남에 있는 한방병원에 가서 상담을 받았다. 한방병원에서는 내 상태를 꼼꼼히 살펴본 후 충분히 치료할 수 있다고 했지만 아직 내 도움이 필요한 남편 때문에 바로 입원할 수가 없었다.

처음 한방병원에서 상담을 받은 게 4월이었다. 석 달가량 지나자 남편 건강이 많이 회복돼 남편이 나에게 "이 정도면 내가 밥 챙겨 먹을 수 있으니 가서 치료받으라."고 하여 7월 15일 입원했다. 입원하고 처음 2주는 너무 힘들었다. 별 호전도 없는데 왜 그런지 속이 울렁거려 밥을 먹을 수가 없었다. 밤에는 잠을 못 잤다. 그래서 2주 만에 퇴원하고 집에 가려고 했는데, 원장님이 만류했다. 내 손을 꼭 잡고 "낫게 해드리겠다. 시간이 가야 한다."며 용기를 주고 격려해주어서 믿고 좀 더 치료를 받기로 마음을 바꾸고 견뎠다. 내가 너무 아파하니 원장님은 외래로 안 부르고 병실까지 와서 침과 약침을 놔주었다.

한약도 먹었는데 나에겐 '관절고'라는 한약이 잘 맞았다. 허리도 아팠지만 요양보호사 일을 오래 하면서 손가락 관절도 변형되고 발목도 안 좋았는데 관절고를 먹고 많이 좋아졌다. 그래서는 안 되지만 한방병원에 입원해 치료를 받으면서 '이곳에서도 낫지 않으면 죽는 게 낫겠다'는 몹쓸 생각까지 했다. 내 몸을 내가 건사하지 못해 자식들에게 민폐를 끼치기가 너무 싫었기 때문이다.

끝날 것 같지 않던 통증은 신기하게도 입원하고 3주 정도 지나면서 좋아지기 시작했다. 그때부터 통증이 살살 줄더니 나도 모르게 '악' 소리를 낼 정도로 쑤시고 아팠던 것이 없어졌다. 약간 저린 듯한 통증은 있었지만 넓적다리가 바닥에 닿아도 잠을 잘 수 있을 정도로 좋아졌다. 확실히 한방치료는 어느 정도 시간이 가야 효과가 나타난다는 것을 알 수 있었다. 호전이 없다고 2주 만에 퇴원하지 않고 꾸준히 치료를 받은 게 얼마나 다행인지 모른다.

요양병원에서 오래 일을 해서 병원 돌아가는 사정을 좀 아는데, 한방병원은 여러 가지 면에서 너무 좋다. 일단 시설이 깨끗하다. 관리가 잘 안 된 병원에서는 병원 특유의 기분 나쁜 냄새가 있는데, 한방병원은 오히려 향긋한 냄새가 난다. 밥도 맛있다. 병원 밥은 맛이 없다는 편견을 한방병원에 입원해 있으면서 깰 수 있었다.

휴게실도 매력적이다. 통증으로 잠을 못 잘 때 휴게실 온돌에 지지면 통증이 좀 줄어서 너무 좋았다. 옥상에 마련된 하늘정원도 좋았다. 환자들은 병원 밖에 나갈 수가 없는데, 예쁘게 가꿔놓은 하늘정원이 있어 덜 답답했다. 아침에 일어나면 하늘정원에 올라가 한 바퀴씩 돌았는데, 기분 전환도 되고 운동도 되어 매우 좋았다.

이렇게 좋은 한방병원이 영월에 없다는 것이 너무 아쉽다. 영월에 45년을 살았고, 활동적인 편이라 주위에 사람들이 많다. 나처럼 아픈 사람들도 많은데 서울까지 가서 치료를 받기는 아무래도 힘들다. 꼭 영월이 아니라도 강원도에 이 한방병원이 있었으면 좋겠다. 그래야 내가 경험했던 기적을 나누고, 더 많은 사람들이 한방병원의 좋은 치료를 받을 수 있을 테니까.

나의
친정은
두 곳

- 김순기(60대 초반, 여, 허리디스크)

결혼한 여성에게 '친정집'은 숨통을 틔워주고 편안하게 힐링할 수 있는 소중한 공간이다. 나에게는 그런 친정집 같은 곳이 또 있다. 바로 'ㅈ한방병원'이다.

몇 년 전 나는 걷지도 못하고 서 있기조차 힘들었던 때가 있었다. 온몸이 너무 아파 엉엉 울면서 누구에게 하소연도 못하고 그저 엎드려 울고만 있었다. 그때 서울 언니에게서 전화가 왔다. 나는 언니에게 "언니! 나 지금 아파서 죽을 것 같아."라고 하소연하면서 엉엉 울었다. 언니는 빨리 택시 타고 서울로 오라고 했다. 나는 차를 타지도 못할 정도로 통증이 심했다. 서울로 가면서도 통증이 너무 심해 고통스러웠다.

언니와 만나 서둘러 S종합병원으로 갔다. MRI를 찍어야한다고 했지만 통증이 너무 심해 몸을 가눌 수조차 없는 상황이라 허벅지에 진통제 한 대 맞고 4명의 의사선생님들의도움을 받아 겨우 MRI를 찍을 수 있었다. 의사선생님은 디스크가 터져 빨리 수술해야 되는데 수술 환자가 많이 밀려바로는 어렵다고 했다.

나는 언니와 수술 날짜와 시간을 잡고 언니 집으로 갔다. 밥 먹기도 싫고 누울 수도 없을 만큼 힘들었다. 그런 나를보고 언니 집에 놀러 온 조카가 "수술 날짜까지 보고만 있을거냐?"며 한방병원으로 데려갔다. 병원 입구에 들어서는데'수술하지 않고 병을 고친다.'라는 문구가 눈에 들어왔다. 그제야 비로소 살 수 있겠다는 안도의 한숨이 절로 나왔다. 이렇게 난 나의 안심처를 처음으로 대면하게 되었다.

❋ 한방병원에서의 5주

처음 만난 원장님은 "많이 아프지요? 디스크가 터지면

많이 힘들어요."라며 나를 위로해주었다. 원장님의 따뜻한 말에 마음이 조금 놓였는데, 입원 병실이 없어 3~4일은 기다려야 한다는 말을 듣고 나는 원장님을 붙잡고 엉엉 울면서 살려달라고 애원했다. 그런 내 모습이 안타까웠는지 원장님은 그 자리에서 침 치료를 하자고 했다.

어려서부터 침을 무서워했던 나는 너무 싫었지만 지금의 이 고통만 치유할 수 있다면 좋겠다는 심정으로 울며 침상에 누웠다. 원장님은 호주머니에서 큰 침통 하나를 꺼내 내 옆에 내려놓으셨고 내 심장도 덜컹 내려앉는 듯했다. 하지만 다행히 너무 친절한 원장님 덕분에 첫 번째 침 치료를 잘받고 언니 집으로 돌아왔다.

다음 날 병원에서 입원실이 한 자리 났다며 빨리 입원하라고 연락이 왔다. 정말 나는 '살았구나' 하는 생각에 눈물이났다. 입원하고 기쁜 마음으로 침실에 누워 있는데 원장님실로 진료를 받으러 가라고 했다. 원장님실로 가니 원장님이 친절히 맞아주셨다. 원장님의 편안한 말투와 미소에 나도 모르게 안심이 되었다. 침 치료가 무서운 건 여전했지만 원장님의 자상한 말씀과 친절한 행동에 무서운 침 치료를 무사히 받을 수 있었다.

치료를 끝마치고 병실로 와서 쉬고 있으니 밥이 나왔다. 밥 주시는 아주머님께서도 어찌나 친절한지 낯설고 긴장된 내 마음을 한층 더 부드럽게 안심시켜 주는 듯했다. 밥을 먹고 나니 시간에 맞춰 간호사가 약을 가져다주면서 "따뜻할 때 드세요."라며 따뜻한 한약을 주었다.

아침저녁으로 담당 한의사 선생님과 간호사 분들의 따뜻한 보살핌 덕에 극심했던 통증과 불안한 마음은 점점 누그러들었다. 그렇게 하루를 보내고 있는데 저녁때쯤 갑자기 통증이 극심해지면서 움직이지 못할 정도로 몸이 아파왔다. 똑바로 눕지 못하고 엉거주춤 엎드려 엉엉 울고 있을 때 원장님이 병실로 회진을 왔다가 나를 보고는 담당 한의사 선생님을 불러 치료를 하라고 지시했다.

치료를 받는 동안 내 옆에서 자세히 설명해주며 나를 안정시켜주었다. 덕분에 무서웠던 침 치료도 한결 가벼운 마음으로 받았고 치료 후에 언제 그랬냐는 듯이 반듯하게 누워 잠을 잘 수 있었다.

그렇게 2주간 친절함 속에서 치료를 받다 보니 고통도 점점 사라지고 몸이 한결 가벼워진 것을 느꼈다. 수술을 안 해도 이렇게 몸이 치유될 수 있다는 사실에 많이 놀랐고 한

방병원의 깨끗하고 좋은 시설에 또 한 번 놀랐으며 너무나
도 친절하고 따뜻하게, 마치 가족처럼 대해주는 병원 관계
자 분들에 적지 않게 놀랐다. '이렇게 좋은 병원을 왜 몰랐
을까?' 하는 생각이 들었고 내가 사는 지방에도 이렇게 좋은
병원이 있었으면 하는 바람까지 갖게 되었다.

극진한 보살핌을 받으며 어느덧 5주라는 시간이 지났고
나는 원래의 건강했던 몸을 되찾고 집으로 돌아왔다. 집으
로 돌아와 곰곰이 생각해보았다. 내가 과연 다른 사람들처
럼 수술을 했다면 어떻게 되었을까?

시골에 살다 보니 농사일로 몸이 많이 상해 수술을 받는
경우를 주변에서 종종 보게 된다. 나처럼 허리를 다쳐 수술
을 받는 사람들 중에 상당수가 재발하여 재수술을 받는 경
우가 많다. 만일 언니 집에 조카가 놀러 오지 않아 ㅈ한방병
원을 알지 못했더라면 나도 수술을 받아야 했을 것이다. 내
인생에 이보다 더 큰 행운이 있었을까 싶을 정도로 한방병
원을 알게 된 것은 내게는 너무나 큰 행운이다.

❋ 인연은 의료봉사로 이어지다

뜻밖의 행운으로 건강을 되찾자 행운을 주변 사람들에게 나누어 주고 싶다는 생각을 하게 되었다. 그때부터 수술하지 않고 치료받을 수 있는 한방병원을 주변에 통증으로 고생하는 사람들에게 소개하고 침 치료를 권장했다. 한 분 한 분 한방 치료를 받고 나아졌다는 소식을 전해 듣고는 너무나 뿌듯함을 느꼈다.

고맙다며 선물을 하는 분들도 많았다. 치료에 정성을 다해주신 병원 식구들이 받아야 하는 선물을 내가 받게 되어 미안한 마음마저 들었지만 한편으로는 내가 소개해준 사람들 한 분 한 분이 나처럼 건강해진 모습을 보니 또 다른 행복감을 느낄 수 있었다.

이렇게 주변에 소개를 하다 보니 어느덧 상당수의 환자분들이 건강한 모습을 찾게 되었고 이런 일들이 지역에 퍼져 지역주민을 위한 의료봉사까지 추진하게 되었다. 너무 감사하게도 한방병원 원장님은 나의 어려운 부탁을 흔쾌히 들어주셨다. 이후 15명의 의사 선생님께서 지역을 찾아주셨고 지역 내에 나와 같은 고통으로 고생하는 수많은 환자들과 노인 분들을 진찰하고 치료해주셨다.

아침부터 저녁까지 쉬지도 못하고 침 치료를 해주셔서 800명이 넘는 환자 분들이 무료로 치료를 받았다. 치료를 받은 모든 환자 분들께서 극찬을 아끼지 않으셨다. 우리 지역은 축복받은 곳이라고까지 말씀하시는 분들도 있었다. 이런 이야기를 듣고 나니 나는 너무나 뿌듯했다.

의료봉사 중 잊지 못할 특별한 분이 있었다. 동네 어르신 중에 최고령인 96세 되시는 할아버님이 계셨는데, 자손도 없고 혼자 평생을 일만 하며 사신 분이었다. 누구 하나 돌봐주는 사람이 없다 보니 허리는 구부러지고 다리까지 불편하셔서 거동도 못하셨다. 그래서 한방병원 간호차장님에게 말씀드렸더니 차장님께서 안타까워하시며 한번 원장님과 상의해보겠다고 하셨다.

그렇게 이틀이 지났을까? 차장님으로부터 연락이 왔다. 원장님께서 진료를 해드리겠다는 것이었다. 그래서 할아버님께 말씀드리고 모시고 가서 입원을 시켜드렸다. 입원치료 후 남편과 내가 모시고 다니면서 꾸준히 치료를 받은 결과 98세인 지금도 정정하게 밭일을 하실 정도로 건강해지셨다.

정말 한방병원은 나의 친정집과 다름없다. 큰 고통과 통증으로 일상생활조차도 어려웠던 나에게 일상을 돌려줬고, 그로 인해 더 나은 삶을 꿈꾸게 되었다.

　나뿐 아니라 지난번 의료봉사의 도움을 받았던 많은 분들도 나와 같을 것이다. 친정집보다 더 포근하고 안심이 되는 한방병원. 친정집이 두 곳이나 되는 나는 참으로 행복한 사람이다.

언제나
자랑하고 싶은 병원,
자꾸 또 가고 싶은 병원

- 박기서(70대 초반, 남, 척추관협착증)

　　　　　　　　　　재작년 10월 중순 어느 날이었다.
여느 날처럼 자고 일어났는데 허리가 아팠다. 담이라도 걸렸
는지 꼼짝을 할 수 없을 정도로 아파 병원에 갔다. 병원에서
는 왜 그런지 원인을 알아야 한다며 MRI를 찍으라고 해서
찍었더니 협착증이라며 수술을 하는 것이 좋겠다고 권했다.

　좀 어이가 없었다. 전에도 가끔 허리가 아프기는 했지만
움직이지도 못할 정도로 아픈 것은 이번이 처음인데 수술이
라니 믿을 수도 없고, 믿고 싶지도 않았다.

　그때부터 수술 외에 할 수 있는 건 다 해봤다. 한의원이
나 침술원에서 침도 맞아봤고, 시술도 받아봤다. 다 별 효과

가 없었다. 대체 어디에서 어떤 치료를 받아야 하는지 몰라 답답해하던 중 주위에서 한방병원에서 치료받고 나았다는 이야기가 많이 들렸다.

한방병원도 나에게 맞는 한방병원은 따로 있는 것 같다. 처음에는 다른 한방병원에서 치료를 받았는데, 조금 호전되는 것 같다가도 다시 아프기를 반복했다. 꾸준히 치료를 받으면 나을까 기대하며 6개월을 다녔는데도 차도가 없었다.

그러던 중 ㅈ한방병원을 알게 되었다. 이미 한방병원에서 치료를 받고 있던 중이라 솔직히 처음에는 덤덤했다. 한방병원이면 다 비슷할 것이라는 선입견이 있었기 때문이다. 하지만 정말 치료를 잘한다는 소리를 여러 번 듣고 그냥 상담이나 받아볼까 하는 마음으로 ㅈ한방병원을 찾았다.

첫 느낌은 '병원장님이 이렇게 젊은가? 젊은 분이 능력이 좋아 성공하셨나 보다'였다. 정말 병원장님은 젊고 잘생기신데다 깔끔했다. 연예인이라 해도 믿을 만큼 출중한 외모였다. 그 병원장님은 외모만큼이나 설명도 아주 꼼꼼하게 잘했다. 궁금해하던 것을 질문하면 하나하나 자세하게 상담해주었다. 친절한 설명을 듣고서 상담이나 받아보자며 찾았던 병원인데, 마음을 굳혔다. 이 병원에서 치료를 받자고.

자신 있게 말할 수 있다. 이 병원을 찾기 전의 6개월은 이 병원을 만나기 위한 과정이었을 뿐이라고. 그 전에도 계속 이런저런 치료를 받았지만 진짜 치료는 이 병원에서 받기 시작했다고 말이다.

사실, 한의원이나 한방병원 치료는 그 자체만으로는 비슷해 보인다. 하지만 치료는 같아도 의사가 어떤 마음으로 환자를 치료하느냐에 따라 결과는 크게 달라진다는 것을 직접 경험했다. 이 병원에 오기 전에 많은 원장님들의 치료를 받았는데, 대부분 환자 말에 귀 기울이지 않았다. 마치 기계를 다루듯이 매일 똑같은 방식으로 똑같은 자리에 침을 놓고 그만인 경우가 많았다.

하지만 이 한방병원 병원장님은 달랐다. 치료를 할 때마다 병원장님이 얼마나 정성을 다해 치료하는지를 느낄 수 있었다. 불편감을 호소하면 방법을 달리해 치료해주고, "오늘은 무릎이 불편합니다."라고 말하면 "허리가 아파서 영향이 있을 수 있습니다."라고 대답하며 무릎도 정성스레 어루만지면서 혼신을 다해 치료해주셨다.

어느 날은 침 치료를 할 때 땀을 뻘뻘 흘리시기도 했다. 편하게 누워서 침 맞는 내가 미안할 정도로 열심히 치료해주셨다. 약침을 놓을 때는 "오늘은 아픕니다."라고 따뜻하게 말을 먼저 해주어 덜 긴장할 수 있었다. 내 나이가 70세가 넘었어도 침 치료를 받을 때마다 긴장되고 두려워 벌떡 일어나고 싶을 때가 많다. 하지만 원장님의 따뜻한 말에 안심이 되고, 침을 맞고 나면 점점 통증이 줄어들어 꾹 참고 맞았다. 어느 날 침 치료를 받을 때 너무 아프다고 말씀드렸더니 "생각했던 것보다 더 많이 아프시지요?" 하는데 진심으로 내 통증을 걱정해주는 느낌을 받았다.

사람 건강은 정말 알다가도 모를 일이다. 50대 중반까지만 해도 정말 건강했다. 테니스도 치고, 가끔 술을 한 잔씩 마셔도 멀쩡했던 나였는데, 귀농하고 나서부터 허리가 아파 몸 고생, 마음고생을 너무 많이 했다. 그랬던 내가 한방병원 치료를 받고 몰라보게 좋아지자 그간의 내 사정을 아는 동네사람들은 입을 모아 "어디서 치료받았냐?"고 물어본다.

"ㅈ한방병원이에요. 용한 원장님이 있어 정말 잘 치료해주세요."

그렇게 소개한 사람이 꽤 많다. 내 소개를 받고 한방병원을 다녀온 동네사람들도 정말 좋다며 칭찬을 하니 마치 내가 칭찬을 받는 양 뿌듯하고 기분이 좋았다.

그것만으로는 성에 차지 않았다. 치료를 받고 나비처럼 가벼워진 내 몸에 스스로 감동을 받아 병원에 전화했다.

"치료 경험을 말하고 싶습니다. 어디에 말해야 하나요?"

그만큼 한방병원은 나에게 좋은 느낌을 주는 곳이고, 좋은 치료를 해주는 병원이었다. 몸만 치료해주는 것이 아니라 마음까지 살펴주는 병원이라 더욱 좋다. 병원에 갈 때마다 병원장님의 정성스런 치료를 받고 상담실에 들러 간호팀장님과 이야기를 하면 아주 좋은 기운을 얻는다.

병원을 자주 가고 싶어 하는 사람이 얼마나 될까? 나에게 이 한방병원은 시간 날 때마다 가보고 싶은 곳이다. 하지만 지금은 허리가 많이 좋아져 자주 갈 일이 없다. 몇 개월에 한 번 허리 상태를 점검하러 가는 것이 전부다. 마음은 자꾸 가고 싶지만 자주 가지 않게 된 지금 또한 소중하게 생각하며 감사한다.

언제나
설레는
서울 나들이

- 장길희(60대 후반, 여, 목디스크)

예약된 시간을 맞추기 위해
오늘도 고속버스를 타고 서울에 간다. 벌써 한방병원과 인
연을 맺은 지 수십 년째다. 처음에는 아파서 갔지만 지금은
소중한 인연을 계속 이어가고 싶어 해마다 간다.

20여 년 전부터 아픈 곳이 많았다. 여기저기 안 아픈 곳
이 없었지만 그중에서도 목, 어깨, 오른팔이 가장 고통스러
웠다. 젓가락질도 어려워 이 병원 저 병원을 전전하고, 한의
원들도 다녀봤지만 신통한 곳은 없었다. 고통을 참다가 또
아프면 병원을 찾아가 주사와 약을 처방받아 먹으면 그때뿐
이었다.

그렇게 임시방편으로 통증을 달래가며 살던 중 남편이 TV를 보다가 서울에 있는 한방병원을 메모해주며 말했다.

"당신은 이 병원을 가면 고칠 수 있을 것 같아."

그 병원이 수십 년째 인연을 이어오고 있는 ㅈ한방병원이다. 물어물어 찾아갔는데 인자한 원장님의 한마디가 나에게 믿음과 희망을 안겨주었다.

"병이 있으면 약이 있습니다. 제가 고쳐드릴 수 있는데, 지방에서 다니는 것이 힘들지 않으시겠어요?"

낫기만 한다면 무얼 못할까. 원장님의 질문에 "아프지 않게 해주시면 꾸준히 다녀보겠다."고 얼른 답했다. 그때부터 예약 날짜와 시간에 맞춰서 한 번도 빠지지 않고 강원도 원주에서 서울을 왕복했다.

한방병원을 다닌 지 4~5개월 정도 되던 어느 날이었다. 아침을 먹는데 젓가락으로 반찬을 집어 먹고 있었다. 순간 놀라서 고개를 돌려봤는데 아프지 않았다. 몇 년을 아파 고개도 마음대로 돌리지 못했었는데 말이다.

그때의 기쁨을 지금도 잊을 수가 없다. 또한 신기하게도 오랫동안 고생스럽던 주부습진까지 싹 나았다. 일거양득이었다. 나중에 알았지만 한방치료는 몸을 보호하면서 치료를 하니까 전체적으로 다 좋아질 수 있다고 했다. 그때부터 한방치료에 반해버렸다.

원주에서 서울까지 고속버스와 지하철로 타고 다니는 게 쉬운 일은 아니었다. 아플 때는 아무 생각 없이 다녔건만 완치가 되고 난 후에는 슬슬 생각이 바뀌기 시작했다. 화장실 갈 때와 나올 때가 다르다더니 내가 바로 그 격이었다. 쓴웃음이 절로 나왔다. 마음을 다잡아 처음처럼 열심히 치료를 받았다.

그렇게 몇 년이 지났을까? 예전부터 두통이 잦았지만 대수롭지 않게 여기며 지냈다. 그랬는데 두통이 점점 심해지고, 급기야 진통제까지도 들지 않아 10여 년 전 병원에서 MRI 검사를 했다. 놀랍게도 '뇌종양'이라는 청천벽력 같은 진단을 받았다. 오진이기를 바라는 마음으로 종합병원을 몇 군데 다녀봤지만 진단은 달라지지 않았다.

결국 서울에 있는 대형 종합병원에서 시술을 받았는데 몇 시간 후에 뇌출혈로 재입원을 했다. 이후 오른쪽 머리와 얼굴에 마비가 왔다. 일주일이 지나도 변화가 없었고 퇴원을 종용받았다. 한방병원에 연락했더니 퇴원하면 오라고 했다. 왠지 한방치료를 받으면 고쳐질 것 같았다. 서둘러 퇴원 수

속을 마치고 퇴원 보따리를 들고 곧바로 한방병원으로 갔다.

침을 맞고 얼마 후에 오른쪽 얼굴에 감각이 느껴졌다. 뛸 듯이 기뻤다. 이사장님이 직접 아침저녁으로 정성을 다해 침 치료를 해주신 덕분이다. 남편도 "당신 이제 살았다."며 눈물을 흘렸다. 시간이 지나면서 상태는 점점 더 호전돼 차츰차츰 잠도 잘 잘 수 있고, 음식도 조금씩 씹을 수 있고, 입을 다물 수도 있게 되었다. 두 달 후에는 퇴원해 일상생활을 무리 없이 하고 있다.

아파서 인연을 맺게 된 병원이지만 지금은 친정집에 가는 것처럼 한 달에 두 번씩 편안한 마음으로 서울 나들이라고 생각하며 다닌다. 아픈 데는 없지만 관리 차원에서 꾸준히 다니고 있다.

자생력을 사랑하는 사람들의 모임(자사모)도 빼놓지 않고 참석한다. 해마다 건강걷기대회를 진행하는데 자사모가 함께 모일 수 있는 시간이라 참 좋다. 오래된 모임이기에 오랜만에 만난 회원들의 옛이야기의 수다는 끝이 없다. 동병상련으로 만난 인연이라 더 친근하고 소중하다.

한방병원에서 맺은 인연은 의료진이든 환우든 나에게는 너무나도 소중하다. 언제까지나 이 인연을 이어가고 싶다.

내가 받은 만큼 다른 사람에게 조금이라도 돌려주면서 그렇게 살고 싶다.

내가
한방병원
전도사가 된 이유

- 임선희(40대 초반, 여, 허리디스크)

        2년 전 앉은 채로 물건을 집으려다 허리를 삐끗한 적이 있다. 그때부터 허리가 아프기 시작해서 1년 전부터는 앉고 서기가 힘들었고, 허벅지가 당기고 엉덩이가 저렸다. 발바닥도 찢어질 듯이 아파 일상생활이 거의 불가능할 정도로 통증이 급격히 심해졌다.

    결국 작년 7월에는 침대에서 일어날 수조차 없어 구급차를 타고 응급실로 실려 갔고, 허리 MRI를 찍게 되었다. MRI 결과를 본 원장님은 수술해야 통증을 없앨 수 있다면서 수술 날짜를 잡자고 하셨지만 나는 선뜻 결정하지 못했다. 주위의 많은 지인들이 수술 후 겪는 후유증과 재발로 인해 재수술을 반복하시며 고통받는 모습을 많이 보았기 때문이다.

망설이고 있는 내게 원장님은 우선 신경주사 치료를 하자고 했지만 그 또한 망설여졌다. 의학채널과 기사를 통해 신경주사에는 스테로이드제 성분이 들어 있어 지속적으로 맞으면 돌이킬 수 없는 후유증으로 평생 부작용에 시달릴 수도 있다는 정보를 접해서였다. 불안한 마음에 원장님에게 조금만 치료를 늦춰달라고 부탁한 후 비수술 치료방법을 검색하기 시작했다.

많은 사람들이 나와 같은 증상으로 고통받고 있었고 그들도 비수술 치료방법을 찾고 있다는 것을 알게 되었다. 블로그, 네이버 지식인, 기사, 동영상을 보며 비수술 치료방법의 후기들, 성공사례를 보았다. 수많은 사례 중 가장 눈에 들어온 성공사례는 나처럼 걷지도 못해 부축받던 분이 걷는 모습이었다. 너무 놀라 어떤 병원인지 검색해봤더니 바로 'ㅈ한방병원'이었다.

신바로약침으로 신경을 튼튼하게 회복시켜준다는 점에서 나의 마음을 사로잡았고, 부작용이 없는 근본치료로 통증을 완화시켜준다는 후기를 보면서 한방병원에서 치료를 받아보기로 결심하게 되었다. 때마침 그 한방병원이 광주에

개원했다는 기사를 보고 양방병원을 바로 퇴원하고 광주 한 방병원을 방문했다.

"치료 가능합니다. 걱정하지 마시고 편하게 마음을 가지세요."

원장님은 나의 MRI를 보고 확신에 찬 목소리로 말했다. 그 말을 들으며 '아, 이분이 내 통증을 잡아줄 명의시구나'라는 생각이 들었다. 마치 구세주를 만난 것처럼 설렜다.

드디어 치료를 시작했다. 하지만 틀어진 몸을 교정하면서 치료가 된다는 추나치료를 받으면 더 아픈 것 같았고, 견인치료를 한 다음 날에는 일어나기조차 힘들었다. 신바로약침을 맞으면 통증이 좀 가라앉나 싶다가도 얼마 지나지 않아 다시 저려오고, 허리가 뜨끔뜨끔 아픈 것은 여전했다.

추나치료를 받기 위해 엎드려 있다가 일어날 때는 통증이 더 심해졌고 약찜을 한 후에는 통증이 좀 가라앉는 기분이 들기도 했다. 신바로약침을 맞을 때는 허리가 묵직하면서 엉덩이까지 쫘악 내려가는 느낌이 왠지 신경이 회복되고 있는 것처럼 기분이 좀 나아지다가 '악마의 발톱'이라 불리는 신바로약침을 맞으면 정말 '악' 소리 나게 아팠다. 그렇지만 입에 쓴 게 약이 되듯이 아픈 침을 맞으면 통증이 확연히 줄어드는 듯했다.

입원치료 중에도 내 손은 항상 엉덩이를 때리고 있었다. 엉덩이를 두드리면 그나마 통증이 잊혀졌기 때문이다. 엉덩이 통증과 함께 나를 괴롭히던 다리 저림은 영 좋아질 기미가 없었다. 결국 '수술밖에 답이 없는 건가?'라는 생각에 좌절감이 몰려왔다. 그때마다 원장님은 나를 다독였다.

"통증의 원인이 되는 염증을 신바로약침과 신바로한약으로 치료 중이고 너무 심한 상태로 내원했기 때문에 더디게 효과가 나오는 겁니다. 그러니 마음을 편안히 하고 치료를 좀 더 해봅시다."

그 말이 참 많이 위로가 되었다. 극심한 통증을 호소할 때는 다른 치료방법으로 그때그때 나의 상태를 체크하면서 치료해주었다. 그런 원장님이 너무 고마워서 나 자신에게 마음 편하게 먹고 조바심 갖지 말자고 여러 번 다짐했다.

그러던 중 한 3주가 지났을까? 뜨끔거리던 허리통증이 나타나는 횟수가 줄어들기 시작했고 찢어질 것 같던 발바닥이 이제는 내 발로 딛는 느낌이었다. 밤에 잠을 몇 번 깰 정도의 통증이 점차 사라져 저녁에도 숙면을 취하게 되었다. 같은 병실 이모님들은 요즘 엉덩이를 덜 때리는 것 같다고 했다.

차츰 내 상태가 호전되었는지 추나치료를 받으면 몸이 더 가벼운 느낌이었고, 신바로약침을 맞고 약찜을 하면 통증이 많이 가라앉는 걸 느꼈다. 긴장됐던 근육들은 도수치료로 풀어주어 앉고 서기가 많이 편해졌다.

37일 동안 입원치료를 받으며 나는 거짓말처럼 걷는 것이 자유로워졌다. 운전할 때 자꾸 다리에 쥐가 났었는데 그 또한 호전돼 운전도 편하게 할 수 있게 되었다. 다 통증의 근원을 찾아 치료한 덕분이다. 사람이 목숨만 붙어 있다고 사는 것이 아니다. 한방병원은 나를 지긋지긋한 통증에서 벗어나 사람답게 살 수 있게 해준 고마운 병원이다.

이후 나는 완전히 한방병원 전도사가 되었다. 나처럼 통증으로 고생하는 많은 사람들에게 한방병원을 추천한다. 잠깐 통증을 완화시켜주는 임시방편의 치료가 아니라 원인을 찾아 근본을 치료해주는 한방병원이야말로 진짜 최고의 치료법을 가진 '치유의 병원'임을 경험했기에 입에 거품을 물고 추천한다. 그렇게 적극적으로 추천할 만큼 한방병원의 치료법에 대한 신뢰와 확신이 있다.

20여 년을 함께한 소중한 인연

- 홍복자(60대 초반, 여, 목디스크)

1997년 어느 날 목이 뻣뻣하고 아프기 시작했다. 잠을 잘못 잤나 싶어 목을 돌리며 스트레칭을 했지만 상태는 좋아지지 않았다. 목과 팔을 뒤로 넘기지도 못하고 너무 힘들었다. 처음에는 귀가 간지럽고 불편해서 귀에 문제가 생긴 줄 알고 이비인후과를 다녔다. 그런데 이비인후과에서 처방해준 약을 열심히 먹어도 호전되지 않았고, 급기야는 왼쪽으로 마비 같은 증상이 나타났다.

목도 안 돌아갈 지경이 되었는데도 미련하게 병원에 갈 생각을 안 했다. 그저 담이려니 생각하고 약국에서 약을 사먹었다. 그래도 증상은 더 심해졌고, 한쪽으로만 마비가 오는 것이 꼭 뇌졸중처럼 느껴졌다. 그제야 겁이 덜컥 나 병원에 가서 검사를 해보니 '목디스크'라고 했다.

목디스크는 생각지도 못했다. 어느 병원에 가야 하는지도 몰라 당황해하는 나를 동생이 역삼동에 있는 한방병원에 데리고 갔다. 그때 박사님을 처음 보았다. 얼굴도 하얗고 밝은 표정의 박사님을 보니 왠지 마음이 놓였다. 당시 나는 얼굴이 퉁퉁 부어 선풍기 아줌마 같은 얼굴이었다.

"현재 목디스크가 심해 추나는 안 됩니다."

보통 척추가 좋지 않을 때 추나치료로 척추를 교정해준다는데, 박사님은 나의 경우 추나를 하면 안 된다며 침 치료와 신바로한약을 권했다. 꼬박꼬박 한약을 챙겨 먹고 침 치료도 열심히 받았다.

당시 박사님은 바른 자세나 생활습관에 대한 설명을 해주셨다. 척추에 좋은 자세나 생활습관을 동영상으로 만든 비디오테이프도 주었다. 바른 자세와 운동법을 소개하는 테이프인데 집에서 보면서 따라했던 기억이 아직도 생생하다.

그때는 신바로약침도 없었을 때이다. 그럼에도 나는 박사님을 믿고 한약을 복용하고 침 치료를 열심히 받으며 다른 정형외과나 병원을 전전하지 않았다. 한약과 침 치료를 받으면서 좋아지는 것을 충분히 느꼈기 때문이다. 또한 한방병원에서 척추를 관리하는 방법과 올바른 자세로 건강하게 사는 방법을 배워 20여 년이 지난 지금까지 건강하게 살 수 있었다.

정말 몇 년 전까지만 해도 펄펄 날아다녔다. 골프를 좋아해 여기저기 다니면서 골프를 즐겼는데 아무 문제가 없었다. 그런데 얼마 전부터 허리가 아프고 다리가 시리고 저린 증상들이 나타났다. 무릎도 불편해졌다. 나 역시 세월을 거스를 수는 없었던 것이다.

나이를 먹으면서 여기저기 아픈 것은 속상했지만 이번에는 어느 병원을 가야 하나 고민하지 않았다. 20여 년 전 목 디스크를 한방으로 훌륭하게 치료한 경험이 있어 주저하지 않고 바로 한방병원에 갔다. 한방병원에 가면 분명 나을 수 있다는 믿음이 있었다.

제대로 걸을 수가 없어 택시를 타고 병원에 갔다. 택시에서 내려서 겨우 한방병원 문턱을 넘으려는데, 지나가던 간호사 선생님이 보고 얼른 휠체어도 챙겨주고 접수할 수 있게 도와주었다. 아픈 환자를 배려하는 마음에 통증이 스스로 녹아 줄어든 듯한 느낌이었다.

비록 나이가 들어 허리와 무릎이 안 좋아졌지만 그동안 나는 남들보다 젊고 건강하게 살았다고 자부한다. 그 비결은 한방병원의 치료법을 처음부터 받아들였기 때문이다. 주변에서 허리디스크로 이 병원 저 병원 전전하고, 시술도 받고, 진통제를 먹다 더 나빠진 분들을 많이 보았다. 내 개인적인 생각이지만 양약은 많이 먹으면 오히려 몸에 안 좋은 것 같다.

하지만 한약은 다르다. 허리가 아파 한방병원을 다시 찾아 치료를 받으면서 확실하게 알았다. 디스크를 치료하기 위해 한약을 먹었는데, 오히려 콜레스테롤 수치도 좋아지고 간도 좋아졌다. 몸 전체의 균형과 조화를 생각하는 근본치료이기 때문에 가능한 일이라고 생각한다.

최근 허리디스크 치료를 받으면서 나는 더 한방병원 열렬 팬이 되었다. 내 가족은 물론 친지와 친구, 지인들까지 아프면 다른 곳 가지 말고 꼭 한방병원에 가라고 권한다.

20여 년 전 목디스크로 어쩔 줄 몰라 하던 나를 처음으로 한방병원에 데려갔던 동생도 열혈 팬이다. 동생 역시 아프면 무조건 한방병원에 간다. 동생을 만나면 가끔 20여 년 전의 일을 이야기한다.

"그때 언니를 데리고 내가 갔는데 이제는 내가 한방병원을 다니네. 20여 년 전만 해도 작은 한의원이었는데, 지금은 정말 멋지고 큰 병원이 되었어."

동생 말대로 그 옛날 조그맣던 한의원은 지금은 전국에 지점을 둔 큰 병원이 되었다. 좋은 치료와 의술을 행하는 곳이니 큰 병원이 된 것은 당연한 일일 터이다. 왠지 내가 자랑스럽다. 마치 내 일처럼 뿌듯하다.

얼마 전 큰딸이 새벽에 손이 저리다며 울었다. 나는 바로 한방병원을 예약하고 나를 치료해준 원장님께 보냈다.

"다른 데 가지 말고 ㅈ한방병원에서 약 먹고 치료해라."

큰딸에게 신신당부했고, 내 말대로 한방병원에서 치료받고 금방 나았다. 이제는 큰딸 역시 한방병원의 열렬한 팬이 되었다.

나는 확신한다. 내가 친구나 또래보다 건강하고 전국 어디든 마음껏 골프를 치러 다닐 수 있는 것은 다 한방병원 덕분이라고. 그래서 1997년 처음 한방병원을 다닐 때 받은 진찰권을 아직도 소중히 간직하고 있다. 그 진찰권은 한방병원이 나에게 얼마나 고마운 존재인지를 깨닫게 해주고, 치

료를 받으면서 행복했던 그때를 추억하게 해주는 타임머신
과도 같다.

오래된
인연이 부른
새로운 인연

- 김영애(60대 초반, 여, 허리디스크)

　　　　　　　오래전부터 허리가 많이 아파
여기저기 안 다녀본 데가 없다. 좋다는 병원은 다 다녔는데
도 허리는 좀처럼 좋아질 기미가 보이지 않았다. 그러던 중
지인이 허리를 잘 고치는 병원이 있다고 해서 찾아갔지만
입원하여 치료를 받아도 차도가 없어서 실망이 컸다.

　　양방병원에 입원한 상태에서 인터넷을 뒤지기 시작했다.
검색창에 '허리를 잘 보는 한방병원'이라 입력했다. 양방병
원은 다닐 만큼 다녔는데도 낫지 않아 한방병원에서 치료받
으면 어떨까 싶은 마음에 한방병원을 검색했는데, 'ㅈ한방
병원'이 맨 위에 보였다. 얼른 한방병원 대표 전화번호를 휴

대폰에 저장하려고 보니 놀랍게도 이미 저장되어 있는 번호였다. 아마 서울에 있는 병원을 다니다 병원 정보를 접했고, 전화번호를 입력해두었던 것 같다.

양방병원에서 퇴원한 후 한방병원 진료시간을 알아보고 아들과 함께 무작정 병원을 찾아갔다. 원장님은 내 상태를 살펴보시더니 일주일에 세 번은 치료해야 한다고 했다. 철원에 사는 내가 일주일에 세 번을 서울을 오가며 통원 치료를 받기는 힘들었다. 마침 입원실이 있어 입원해 집중치료를 받기로 결정했다.

입원해 있는 동안 지인들이 "좀 괜찮아졌느냐?"고 물었다. "많이 좋아진 것 같다"고 대답하니 강원도 철원에서 지인들이 내가 입원해 있는 한방병원에 따라 입원했다. 개중에는 나보다 늦게 입원했는데 빨리 건강을 되찾아 먼저 퇴원한 지인들도 있다.

지인들에게 병원을 추천한다는 것은 쉬운 일이 아니다. 내가 확실히 좋은 병원이라는 확신이 있을 때만 가능하다. 아픈 사람들은 지푸라기라도 잡고 싶을 정도로 낫고 싶은 마음이 간절하다. 그런 사람들에게 확신도 없이 병원을 추천했다가는 환자를 더 고생시키고 자칫 인간관계까지 어색해질 수 있다.

한방병원과의 인연은 이것만이 아니다. 내가 사는 철원에는 한방병원이 없다. 그래서 당시 나를 성심성의껏 치료해주었던 원장님께 간청했다.

"강원도에는 ㅈ한방병원이 없어 오고 싶어도 못 오는 분들이 너무 많습니다. 그러니 의료봉사 좀 해주시면 좋겠습니다."

"아 네, 당연히 해야지요."

원장님은 흔쾌히 내 청을 받아주었고, 한방병원 의료봉사단이 철원까지 와서 주민들을 진료해주었다. 철원에서도 편의를 많이 봐주었다. 동송농협 조합장님은 지원을 아끼지 않았다. 예식장을 진료실로 사용하고, 의료진의 숙소로 펜션을 제공하고 식사까지 일절 불편함이 없도록 지원해주었다. 한방병원에서는 약 900명의 환자 분들에게 약침과 침을 놔주셨고, 치료약에 파스까지 챙겨주셨다.

이렇게 시작한 한방병원 의료봉사는 이후 두 번 더 진행되었다. 처음 나를 진료해주었던 원장님이 다른 지역으로 가셨는데도 새로 부임한 원장님이 흔쾌히 의료봉사를 지속해주신 것이다.

2020년 여름에는 장마와 홍수로 철원이 큰 피해를 보았
는데, 또 한 번 한방병원의 도움을 받았다. 한방병원은 의료
봉사를 해주고 싶어 했지만 코로나 19가 2.5단계로 격상되
어 의료봉사는 할 수 없었다. 대신 민간인 통제선 안쪽에 있
는 이길리 마을에 필요한 김치냉장고와 마을 주민들의 다친
몸과 마음을 추슬러줄 한약과 파스, 생활용품에 타월까지
지원해주었다.

돌아보면 신기하기도 하다. 나와의 작은 인연에서 시작
해 200여 명의 또 다른 인연이 생기고, 사람 대 사람이 아닌
철원이라는 지역 대 한방병원으로 인연은 꼬리에 꼬리를 물
고 확대되고 있다.

이젠 꽤나 오래된 인연이다. 좋은 인연은 좋은 인연을 부
르는 것 같다. 이 아름다운 선순환이 앞으로도 계속 이어질
수 있기를 기대해본다.

가족, 지인 모두에게 소개하고픈 병원

- 송태순(60대 초반, 여, 허리디스크)

자영업자들은 대부분 밤낮을 가리지 않고 열심히 일한다. 나 또한 마찬가지다. 꼬막으로 유명한 벌교에서 자영업을 하고 있는데 정말 게으름 피우지 않고 하루하루 최선을 다해 살았다. 그렇게 내 몸을 돌보지 않고 살아서 그런지 오래전부터 허리가 아팠다. 처음에는 무리했을 때만 묵직하게 아프더니 어느 날 아예 일어서지도 못할 정도로 아픈 지경에 이르렀다.

그길로 허리통증을 잘 고친다는 신경외과, 정형외과를 다녀봤지만 돌아오는 말은 수술하라는 말뿐이었다. 다른 대안은 없다고 했다. 하지만 수술이 무서웠다. 수술받고 허리

가 더 아프다는 사람도 많이 봤기 때문에 더더욱 수술받기
가 꺼려졌다.

그러던 중 딸이 여기저기 수소문한 끝에 수술 없이 나을
수 있게 해준다는 한방병원을 추천해주었다. 그 말에 귀가
번쩍 띄어서 망설임도 없이 2013년 4월 강남에 있는 한방
병원에 내원했다. 원장님은 내 상태를 꼼꼼히 살펴보시더니
입원치료를 권했다.

입원해 있는 동안 매일 추나치료와 약침 치료를 받았다.
그런데 기적이 일어났다. 통증 때문에 20미터도 못 걸었는
데 1시간을 걸어 다녀도 괜찮았다. 불과 4주간의 입원치료
를 받는 동안 고통스러웠던 통증이 감쪽같이 사라졌다. 직
접 겪어보지 않은 사람들은 나보고 거짓말을 한다고 말할
수도 있다. 하지만 모두 사실이다.

물론 퇴원 후 약간의 불편함은 있었다. 하지만 일상생활
을 하는 데는 아무런 문제가 되지 않았다. 친구들과 여행도
하고 운동도 하면서 행복한 제2의 인생을 멋지게 살고 있다.
이런 나를 보고 주변 지인들은 묻는다. 어떻게 해서 낫게 된
거냐고. 그러면 나는 스스럼없이 대답한다.

"다 한방병원 덕분이야."

내 소개로 한방병원에서 치료를 받고 좋아진 지인들이 한두 명이 아니다. 다들 좋아져 내게 소개해줘서 고맙다고 한다. 내가 치료해준 것도 아닌데 고맙다며 선물을 사오거나 맛있는 밥을 사주는 사람들이 많다.

나를 한방병원으로 인도한 딸도 한방병원 덕을 톡톡히 봤다. 딸은 38세라는 비교적 늦은 나이에 결혼했다. 혹시 나이가 많아 임신이 잘 안 될까 걱정돼 원장님께 부탁드렸다.

"저희 딸이 아이는 낳아야 될 거 아닙니까."

"그럼요."

원장님은 당연하다며 사위와 딸에게 약을 처방해주었다. 결혼 한 달을 앞두고 약을 먹였더니 결혼 후 바로 아이가 생겨서 예쁜 공주를 낳았다. 아이를 낳고 나서 산후 보약도 처방받아 먹었다. 모유 수유 중인데도 안심하고 먹을 수 있는 약이라고 했다.

모유를 먹는 아이들은 엄마가 무엇을 먹느냐에 따라 건강이 좌우된다. 아들 내외가 손주를 낳았을 때 산후 보약을 먹였더니 손주는 감기에 잘 안 걸리고 잔병치레도 전혀 하지 않는다. 내 아들, 딸뿐만 아니라 10명이 넘는 조카들에게도 산후 보약을 먹였는데, 모두 아이들이 잔병치레를 전혀

하지 않는다며 고맙다고 했다.

한방병원에서 처방하는 보약은 임신에도 특효약인 듯하다. 결혼한 지 3년이 되도록 아이를 갖지 못한 친구 아들이 있었는데, 한방병원에서 친구 아들과 며느리가 함께 약을 먹고 예쁜 공주를 출산했다.

한방병원 이야기가 나오면 나도 모르게 자꾸 자랑하게 된다. 지금껏 한방병원을 소개해 실패한 적이 없어서 더 그런 것 같다. 기껏 소개해줬는데 안 좋은 소리가 들리면 나도 지금처럼 입만 열면 한방병원 칭찬을 늘어놓지는 않았을 것이다. 나에게 한방병원은 가족과도 같다. 앞으로도 더 사랑하고, 더 많은 사람들에게 알리고 싶다.

건강뿐 아니라
나의 꿈을
되찾아주다

- 김교화(70대 후반, 남, 척추관협착증)

40대까지만 해도 난 강철 같은 체력을 자랑했다. 나이가 더 들어도 다른 사람은 몰라도 나만큼은 젊은이 못지않은 체력과 열정으로 노익장을 과시하며 살 줄 알았다.

하지만 50세에 접어들면서 내 몸에도 이상신호가 찾아왔다. 언제부턴가 무리하면 허리가 아프기 시작하더니 점점 더 심해졌다. 걸으면 다리가 터질 듯이 아파서 걸을 수도 없었다. 병원에서 검사를 해보니 척추관협착증이라는 진단이 나왔다.

병원에서는 수술을 권했다. 통증이 심한데도 수술은 받

고 싶지 않았다. 그래서 수술 없이 치료할 수 있다는 한방병원을 수소문해 입원했다. 1주, 2주 치료를 받는데도 크게 호전될 기미가 보이지 않았다. 특히 허리통증과 오른쪽 다리통증이 극심했다. 다리가 당기고 저리는 증상이 심했고, 허리가 너무 아파서 앉을 수가 없었다. 식사도 서서 식탁을 붙잡고 했는데, 10분을 못 서 있어서 밥 먹는 중간에도 누워서 쉬어야 했으며, 보행하기도 어려워서 결국 입원하게 되었다. 수술하기 싫어 한방병원에 입원하긴 했지만 정말 나을 수 있는지 의문이 들었다.

"아무래도 정형외과에 가서 수술을 받으셔야 할 것 같습니다."

"연세도 있는데 조금만 더 참고 기다려보시죠."

원장님은 극구 말렸다. 환자에 따라 호전 속도가 다를 수 있다면서 조금만 더 기다리면 분명 좋은 결과가 있을 거라며 나를 설득했다. 원장님의 말에 진심이 담겨 있음을 느껴 계속 치료를 받았다. 지금 생각해도 그때 원장님의 권유를 받아들인 게 얼마나 다행인지 모른다. 참고 계속 치료를 받은 덕분에 나는 입원한 지 23일 만에 내 발로 걸어서 병원을 나설 수 있었다.

지금은 젊은 날의 강철 같은 몸을 되찾았다. 나에겐 꿈이 있었다. 내가 사는 곳은 파주 쇠꼴마을이다. 60년 전 미군이 주둔했던 시절 한때 학생이 600명을 넘었던 초등학교는 미군이 떠나면서 문을 닫았다. 이후 쇠꼴마을은 이런저런 이유로 떠날 수 없었던 주민들만 남은 두메산골로 전락했다. 아무도 찾지 않는 두메산골, 쇠꼴마을을 금이 나오는 금 골짜기로 만드는 게 내 꿈이다.

한방병원은 건강뿐만 아니라 이런 내 꿈을 되찾아준 고마운 병원이다. 더 고마운 것은 나와의 인연이 계기가 되어 한방병원이 쇠꼴마을 주민들을 무료로 진료해준 것이다. 5명의 의료진과 30여 명의 봉사단이 쇠꼴마을로 와 200여 명의 마을 어르신들을 진료해주었다. 그날 어르신들이 좋아하던 모습이 지금도 잊히지 않는다.

농촌에는 허리가 아픈 분들이 많다. 농사일이라는 게 쪼그리고 앉거나 무거운 짐을 나르는 등 허리에 부담을 많이 주는 자세로 일해야 하는 경우가 많기 때문이다. 한방병원 원장님이 의료봉사를 하러 쇠꼴마을에 왔다가 이런 농촌의 현실을 알고 참으로 고마운 제안을 하셨다.

"허리가 아파 고생하시는 분들 중 형편이 어려운 한두 분을 병원에서 치료해 고통을 덜어드리고 싶습니다."

너무 고마운 제안이라 마을 이장을 통해 수십 년 동안 허리병으로 고생한 분을 추천받아 한방병원에 소개했다. 그분도 그렇게 허리가 아팠어도 형편이 어려워 병원에 갈 엄두도 못 냈다며 연신 눈물을 흘리며 고마워했다. 그분은 2주 정도 입원해 집중치료를 받으신 후 지금은 건강하게 농사를 지으며 잘 살고 계신다.

몸이 성치 않으면 아무리 간절하게 꿈을 꿔도 이루지 못하기 마련이다. 아직은 먼 미래지만 강철 같은 건강을 되찾은 지금, 열심히 꿈을 이루기 위해 노력하고 있고, 작지만 조금씩 결실도 맺고 있다. 한방병원에서 치료받지 않았다면 이루지 못했을 꿈이다.

친정엄마 덕분에 만난 병원

- 이민영(40대 초반, 여, 발가락 골절 / 허리통증)

　　　　　　　　　　　3월 초, 여느 때와 같이
아기 띠를 하고 급하게 허둥지둥 외출 준비를 하다가 그만
문 옆에 방치해둔 청소기에 발이 세게 부딪히면서 중심을
잃고 넘어지고 말았다. 넘어지는 그 짧은 순간에 아기가 다
칠까봐 온전히 나의 몸으로 충격을 다 흡수해서인지 천만다
행히 아기는 조금도 다치지 않았다. 하지만 내 몸은 허리,
어깨뿐 아니라 전신이 다 아프고, 왼쪽 네 번째 발가락 주변
은 순식간에 시퍼렇게 멍들면서 부러진 것 같은 극심한 통
증이 왔다.

　그렇게 다치고서도 병원에 갈 엄두를 내지 못했다. 아기

를 돌봐야 하기 때문이기도 했지만 몇 년 전 새끼발가락이 부러졌을 때의 기억 때문이다. 그때 핀으로 새끼발가락을 고정시키는 수술을 받았는데, 너무 아프고 무서웠다. 그래서 다치고 일주일가량 혼자 끙끙 앓으면서 견뎠다.

지금 생각하면 참 미련했다. 너무 아파서 자다가도 수시로 깰 정도였는데, 왜 병원에 가지 않고 아픈 몸을 방치했는지 후회가 된다. 다행히 친정엄마가 나를 구했다. 당시 친정엄마가 편찮아서 한방병원에 입원 중이었는데, 뵈러 갔다가 엄마에게 크게 혼이 났다.

"너는 그렇게 아픈데 치료를 안 받으면 어떡하니? 빨리 검사받고 치료해."

엄마의 강력한 권유로 급하게 엑스레이를 찍어보니 예상한 대로 네 번째 발가락 골절이었다. 부랴부랴 대학병원에 가서 깁스하고 응급처치를 받고 엄마가 입원해 있는 한방병원에 입원했다. 골절도 골절이지만 허리, 어깨, 목 안 아픈 데가 없었기 때문이다. 엄마는 나처럼 허리, 어깨, 목이 아픈 사람들이 한방병원에서 다 고치고 나갔다며 입원치료를 적극 권했다.

돌 지난 지 얼마 되지도 않은 아기를 떼어놓을 수 없어서

2인실에 엄마와 함께 병실을 썼다. 엄마와 남편의 도움을 받아 아기를 돌보면서 치료를 받았다. 치료는 주로 약을 복용하면서 침을 맞는 것이었는데, 침 맞는 게 너무 힘들었다. 나는 쓸데없이 통감이 너무 발달해 병원에서 주사를 맞는 게 극심한 공포였다. 침은 더 말할 것도 없다. 한 대도 아니고 온몸에 여러 대의 침을 맞을 때는 극도의 두려움으로 온몸이 뻣뻣하게 굳었다.

침을 맞을 때마다 벌벌 떠는 나를 원장님과 의료진은 늘 편하게 치료를 받을 수 있도록 배려하고 격려해주었다. 나는 침, 약침, 추나요법, 한약, 물리치료 등을 받았다. 야간 통증이 심해서 밤마다 추가로 한방 진통 환약을 처방받기도 했다. 덕분에 입원한 지 한 달쯤 지나면서부터는 밤에 아파서 깨는 일이 현저히 줄었다. 밤에 잘 자니 회복이 빨라지고, 이제는 몸이 많이 가벼워졌다. 병원에 입원했을 때만 해도 어깨와 허리가 너무 아파 아기를 잘 안지도 못했는데, 지금은 친정엄마와 남편 도움 없이도 혼자서 척척 아기를 돌볼 수 있다.

한방병원에 입원해 치료를 받는 동안 내 몸이 건강해야 가족들도 행복하다는 것을 새삼 실감했다. 행여 가족에게 걱정을 끼칠까봐 아파도 참았던 것이 오히려 가족들을 더 힘들게 만들었다. 앞으로는 좀 더 내 몸이 보내는 신호에 귀 기울이며 아프면 바로 치료를 받을 생각이다.